东　西／主编

广西当代作家丛书（第五辑）

■ 周　龙　著

人在他乡

广西人民出版社

图书在版编目（CIP）数据

人在他乡 / 周龙著 . — 南宁：广西人民出版社，2023.10
（广西当代作家丛书 / 东西主编 . 第五辑）
ISBN 978-7-219-11632-6

Ⅰ . ①人… Ⅱ . ①周… Ⅲ . ①中国文学—当代文学—作品综合集 Ⅳ . ① I217.2

中国国家版本馆 CIP 数据核字（2023）第 197272 号

GUANGXI DANGDAI ZUOJIA CONGSHU（DI-WU JI） REN ZAI TAXIANG

广西当代作家丛书（第五辑） 人在他乡
东 西 主编
周 龙 著

出 版 人 韦鸿学
策 划 罗敏超
统 筹 覃萃萍
责任编辑 庞 睿
责任校对 梁小琪
封面设计 翁襄媛

出版发行 广西人民出版社
社 址 广西南宁市桂春路 6 号
邮 编 530021
印 刷 广西民族印刷包装集团有限公司
开 本 787mm×1092mm 1 / 16
印 张 14
字 数 155 千字
版 次 2023 年 10 月 第 1 版
印 次 2023 年 10 月 第 1 次印刷
书 号 ISBN 978-7-219-11632-6
定 价 45.00 元

总　序

　　从2012年党的十八大召开到2022年党的二十大召开，这段历史，在党的二十大报告中，被称为"新时代十年的伟大变革"。这十年，以习近平同志为核心的党中央团结带领全党全国各族人民，迎来中国共产党成立一百周年，中国特色社会主义进入新时代，完成脱贫攻坚、全面建成小康社会的历史任务，实现第一个百年奋斗目标。历史性的胜利，彪炳史册。

　　这十年，也是中国文学界牢记习近平总书记嘱托，坚持以人民为中心的创作导向，从"高原"持续向"高峰"攀登的十年，是"文学桂军"锐意进取，不断夯实基础、壮大实力、提升影响的十年。

　　2001年至2012年，广西作家协会在自治区党委宣传部的大力支持下，精心组织，陆续编辑出版了"广西当代作家丛书"一至四辑共80卷本，80位广西当代有成就、有影响的作家入选该丛书，成为中华人民共和国成立以来广西文学界规模最大的文化积累工程，此举备受国内文坛瞩目。可谓功在当代，利在千秋。

　　从2012年至今，刚好十年过去。"文学桂军"在小说、报告文学、诗歌、散文、儿童文学等体裁创作上，又涌现出一批具有全国影响力的代表性作家，少数民族作家队伍的创作实力在全国处于领先地位。国运昌盛，文运必兴。编辑出版"广西当代作家丛书（第五辑）"，推出新一代广西作家，成为文学界共同的期待。

十年来，得益于自治区党委、政府的关心支持，得益于自治区党委宣传部的正确领导和大力扶持，"文学桂军"呈现出良好生态和健康发展势头，一批作家频频在全国重要文学刊物亮相，一批有分量的作品在全国各知名出版社出版。陶丽群获第十一届全国少数民族文学创作骏马奖，红日、李约热、莫景春获第十二届全国少数民族文学创作骏马奖，朱山坡、李约热分别获第七、第八届鲁迅文学奖提名，东西的长篇小说进入第十届茅盾文学奖前20名。十年来，据不完全统计，广西作家出版长篇小说、中短篇小说、散文、诗歌、儿童文学、报告文学等专集选集共600多部。一批作品获广西文艺创作铜鼓奖，《人民文学》《小说选刊》《民族文学》等刊物年度优秀作品奖，以及《小说月报》百花奖、花城文学奖杰出作家奖、郁达夫小说奖、茅盾新人奖、《雨花》文学奖、华语青年作家奖、《钟山》文学奖、《儿童文学》金近奖、"小十月文学奖"佳作奖、华文青年诗歌奖、三毛散文奖、冰心散文奖等，入选各类文学排行榜。"文学桂军"已然成为家喻户晓、有全国影响力的响亮品牌。

为进一步繁荣广西文学事业，全面展示党的十八大以来广西文学创作的丰硕成果及新时代广西作家的精神风貌，广西作家协会决定组织出版"广西当代作家丛书（第五辑）"。

该丛书的入选作者须具备三个条件：一是作者须为广西作

家协会会员，中国作家协会会员优先；二是近年来创作成绩突出，曾经获得全国性文学奖或自治区级文学奖；三是个人创作成绩显著，作品在全国重要刊物发表。在广泛征求意见基础上，经各团体会员推荐、广西作家协会主席团会议酝酿讨论，实行无记名投票推选，共评出入选作家20名。田耳、田湘、王勇英等作家，由于作品版权原因，遗憾无法纳入本次选编。一批作家近十年创作成果丰硕，由于已经入选前四辑丛书，本次不再选入。

习近平总书记曾多次指出，文运同国运相牵，文脉同国脉相连。文化兴则国家兴，文化强则民族强。当代中国，江山壮丽，人民豪迈，前程远大。时代为我国文艺繁荣发展提供了前所未有的广阔舞台。"文章合为时而著，歌诗合为事而作。"衡量一个时代的文艺成就最终要看作品。推动文艺繁荣发展，最根本的是要创作生产出无愧于我们这个伟大民族、伟大时代的优秀作品。没有优秀作品，其他事情搞得再热闹、再花哨，那也只是表面文章，是不能真正深入人民精神世界的，是不能触及人的灵魂、引起人民思想共鸣的。习近平总书记关于文艺工作的重要论述，已经成为广大文艺家的自觉遵循，内化于心，外化于行。收入本辑丛书的作品，内容丰富、题材广泛、风格多样，在记录伟大时代、反映现实生活、讴歌人民创造等方面，用心、用情、用力，很好地体现了以人民为中心的创作导向，集中展示了祖国南疆新时代蓬勃多姿的文学景象。

习近平总书记在党的二十大报告中指出，推进文化自信自强，铸就社会主义文化新辉煌。全面建设社会主义现代化国家，必须坚持中国特色社会主义文化发展道路，增强文化自信。坚持以人民为中心的创作导向，推出更多增强人民精神力量的优秀作品，培育造就大批德艺双馨的文学艺术家和规模宏大的文化文艺人才队伍。这为新时代新征程的文化建设和文艺创作指出了正确方向，提供了根本遵循。

当前，全党全国各族人民正在深入学习宣传贯彻党的二十大精神，满怀信心向第二个百年奋斗目标迈进。编辑出版"广西当代作家丛书（第五辑）"，可谓正当其时，也是贯彻落实《中共中央关于繁荣发展社会主义文艺的意见》和《中共广西壮族自治区委员会关于繁荣发展社会主义文艺的实施意见》，用文学助力建设新时代中国特色社会主义壮美广西的最新成果。

伟大时代必将激励、孕育伟大的作家和作品。希望广西作家和文学工作者，坚定文化自信，做到文化自强，坚守艺术理想，追求德艺双馨，不断增强脚力、眼力、脑力、笔力，以刚健、厚重、先进、质朴的创造抵达伟大时代的艺术高度。诚如中国文学艺术界联合会主席、中国作家协会主席铁凝所寄语的那样：广西文脉深厚、绵长，新时代新征程上，相信广西作家能以耀眼的才华编织崭新"百鸟衣"，描绘气象万千的"美丽的南方"。这是时代赋予我们的责任，唯有俯下身子，深入到火热生活中去，深入到人民中去，不断学习，不断攀登，以作品立身，以美德铸魂，方能不负时代，不负人民。

是为序。

石才夫

2022年10月31日

CONTENTS _____ 目 录

短篇小说

母子之间

　　母亲提着一个布袋和一个装着一只老母鸡的笼子，跟随儿子进了家门。

　　儿子是县实验小学的老师，实验小学没有住房，老师们都住在妻子或者丈夫单位的房子里。儿子也一样，他住在儿媳单位供销社的房子，一房一厅，在县城东头。一进门，小孙子阿军就跑过来抱住鸡笼叫道："嘻嘻，鸡咕咕！鸡咕咕！"儿媳梳着披肩长发从房间里走了出来，大声吼道："阿军放下，放下，快点放下！脏死了！"阿军嘟着嘴巴说："不嘛，我要我要，我要鸡咕咕！"儿媳跑过来，夺掉被阿军抱着的鸡笼，把它扔进卫生间里。阿军倒在地上翻滚，哭闹，脸上一把鼻涕一把泪。母亲蹲下来抱起他，把他搂进怀里，双手轻轻地拍着他的肩膀说："我的乖孙子，不哭了不哭了，哭多了就变成丑猫咪了。"亲缘就是亲缘，母亲安抚这两下，阿军就收住了哭腔，自来熟地依偎在母亲的怀里，一副再也离不开的样子。

儿子凑到跟前叫道："阿军过来！"阿军扭着脸来看着儿子。儿子对阿军说："叫阿奶！"

阿军扭头望了望母亲那张陌生的老脸，眼睛眨巴了几下，很亲热地大声叫道："阿奶——"然后猛地在母亲脸上亲了一口。母亲顿时笑容盈脸，双眼眯成一条缝，连忙应道："哎，我的乖孙儿！"

母亲望着俊俏的儿媳，温和地笑了笑，想说声你好，但话到嘴边又给咽了回去。母亲还不习惯这样的问候，她只是呆呆地望着儿媳，没有出声。母亲感觉得到，刚才，儿媳对阿军凶成那样，其实是凶给她看的，嫌她身上脏，嫌她臭。今天早上一上车她就晕乎乎的，一直呕吐，一直吐到下车。她身上沾满了呕吐物，母亲现在都觉得自己很脏很臭，竟然还抱着阿军，她觉得很不好意思。俊俏的女人温柔起来能让人腿软，可凶恶起来却让人心里发毛。母亲这时心里就发毛。

儿子指着母亲对儿媳说："我妈。"

儿媳没有言语，目光首先落在母亲裹着破旧布鞋的双脚，然后滑到老树皮般干枯的双手，再滑向缝满补丁的衣服，最后盯在那张沟壑纵横的老脸。儿媳刀刻般的目光在母亲身上剜来剜去，像要剜掉母亲身上的一块肉似的。母亲感到害怕，身子瑟缩了一下。儿媳皱紧眉头吼道："阿军，过来！过来呀！"阿军仍依偎在母亲怀里不动。儿媳有些恼火，又大声叫道："过来啊！"母亲放下阿军说："阿军，你妈叫你呢，快去呀！快去！"阿军向儿媳跑过去，儿媳在他屁股上狠狠地掐了一下，疼得阿军哭叫起来。哭叫声咚咚咚击打着母亲的心房，有种说不出的疼痛。

第二天，儿子花了八十块钱，在街头地摊上买了两套减价的衣服和一双保暖鞋，母亲穿在身上，显得又干净又年轻。母亲双手在身上、脚腿上摸呀捏呀，呵呵呵地欢笑着。儿子说："走几步看看！"母亲扭胳膊甩腿在厅里溜达了两三圈，边走边扭头看看穿在身上的新衣新鞋，脸上笑盈盈的。很快，母亲又把新衣新鞋脱了下来，说："这么新的衣服平日里穿着多奢侈啊，等过年再穿吧！"说着，又把新衣折叠好，与新鞋一起，收进床铺下面一个纸盒箱里。

儿子摇摇头笑道："你呀，真是个旧脑筋！"

母亲笑而不语，心里可满足了。

这天夜里，母亲刚躺下不久，儿子和儿媳说话的声音有一搭没一搭地从房间里传了出来。

儿子儿媳和阿军住房间，母亲住客厅。房间朝外的窗子正好对着一片建筑工地，尘土飞扬。建筑工地不分白天黑夜地忙碌着，轰隆隆的机器声吵得人们无法安宁，窗户时时都得关上，否则无法休息。窗户关了，房间的门就得敞开着，房间和客厅是连通在一起的，没有间隔，房间里弄出稍大一点的声响，客厅里都能听得一清二楚。

儿媳："结婚快四年了，你给我爸我妈买过什么？啊？"

儿子："你爸你妈啥都不缺！"

儿媳："哟哟，就你妈缺，一来就买衣服呀，买鞋子呀，上上下下全是新的，像要办喜事似的。"

儿子："这这……"

儿媳不准儿子往下说，把话抢了过来："这这什么这？难道我说的不是？"

沉寂片刻。

儿媳："跟了你真是倒了八辈子的霉！"

儿子："倒什么霉？"

儿媳："结婚那年，电视机、电冰箱、洗衣机什么的，哪样不是我妈我爸送的，你妈给过什么？啊?!"

儿子："我妈给了一百块钱。"

儿媳："嗯，真是丢脸，一百块钱还不够填牙缝呢，还好意思拿来，真是抠门!"

听到这儿，母亲心里酸酸的。

儿子十岁那年，他爹上山砍柴时，不小心跌下山崖死了，母亲既当爹又当娘，忙里忙外，忙上忙下，没吃过一顿好饭，没睡过一天好觉，好不容易熬到儿子读完师范，母亲却欠了两千块钱的外债。母亲知道，儿子在县城生活多不容易，她不能让儿子知道家里还欠着债。儿子每次追问她欠了多少钱，她总是说，不欠了不欠了。这些年呀，家里的鸡呀猪呀羊呀争气得很，拼命地长肉长膘，卖了好多好多的钱呢。再说了，你读师范又没花几个钱，欠什么欠呢。儿子半信半疑，就没再问。儿子结婚那年，专程回家请母亲来县城参加他的婚礼。母亲很想来，但她不敢。母亲听说，城里人结婚，做父母的要送好多的钱财。母亲没钱，没钱就不要去县城给儿子丢脸。母亲只是跟邻居借了一百块钱给儿子，算是彩礼钱。直到前几天，还清了所有的外债，母亲的心才安稳下来。

昨天，儿子又专程回家请母亲来城里照看孙子，母亲开始是不情愿来的，说城里不习惯呀，听不懂城里人的话呀，年纪大了带不好孙子呀，反正理由一大堆，她来不了。儿子"唉"地长叹了一声，拉长一张脸，做出一副无辜又无奈的样子。"完了完了，你这亲孙子怕是没人带了，扔掉算了！"母亲瞪眼"啊"了一声，说："你干吗这么说呢？"儿子说："先前找了两个保姆，一个只顾嗑瓜子、看电视，孩子尿湿裤子、吃脏东西她也不管不顾。另一个经常用手指甲掐孩子，掐得孩子身上青一块紫一块的。"母亲听得心里扯疼扯疼的。她说："这些保姆都是什么人呢？哪能这样恶毒，一点良心都没有，一点人性都没有。这么小的孩子，哪能这样对付呢？这样对付怎么得了呢？不行不行，我得跟你进城！"这是母亲第一次来到县城。

这夜，母亲一直没法入睡，东想西想，心里乱糟糟的。

早上，儿子儿媳上班去了，母亲在家看管阿军。阿军自己玩他的玩具，一下子玩车子，一下子玩小狗狗，很开心很快乐，母亲看着都舒心，也不用操什么心。母亲闲着没事，就在屋里瞎转悠。走进卫生间，看见水桶里泡着一堆脏衣服，母亲就躬下身子，耐心地搓洗起来。母亲腰不好，一会儿站着，一会儿又蹲下，干柴般的老手一点都不麻利，磨磨蹭蹭搓洗了一个多钟头才洗完。

中午，儿媳下班回到家，看见皱巴巴的衣物正挂在阳台上滴着水，阳台的地板上积了一地的水，她就气鼓鼓地叫嚷起来："水也没拧干就挂上了？"说着就把衣服从衣架上取了下来，丢进洗衣机里搅动。母亲站在一旁，皱着眉头，身子微微发颤，两只手在裤腿上忙乱地搓揉着，不知放哪儿好。

吃过午饭，母亲又忙着刷碗洗锅擦灶台。刚回到客厅坐下，却听到厨房里又乒乒乓乓响了起来。母亲蹑手蹑脚凑到厨房外面，探头看见，儿媳正把她刚洗过的碗筷重新刷洗了一遍。

母亲像做了错事被老师严厉批评的小学生，浑身战栗，眼睛焦急地眨巴着。

此后，母亲再也不敢做什么家务活了，除了看管阿军，就像木偶一样干坐着，或是愣站在窗前，看着外面流动的人群。这天上午，母亲站在窗前发呆，阿军爬上玻璃茶几上玩耍，她竟然没注意。阿军在玻璃板上欢快地东蹦西跳，又喊又叫的，跳到边上的时候，玻璃板突然翘了起来，阿军猛地一下摔到地上，玻璃板跟着从阿军头顶上猛砸下来，碎了一地。阿军团坐在碎玻璃堆上慌乱地哭叫着，双手乱抓乱甩动，有块玻璃碎片被他甩到脸上，划开了好大一个口子，顿时鲜血直流。阿军见到血更加慌乱，猛哭个不停，双手胡乱在脸上抓着挠着。母亲把阿军从碎玻璃堆上抱了上来，用衣袖捂住他脸上的伤口，血一下子就不流了，但一松手，血又流了出来。母亲一手捂着伤口，一手抱着阿军在屋里转来转去，想找到什么能止血的东西。她终于在厨房里找到一块黑木炭，用刀柄在碗里把黑炭捣碎成炭粉，然后将炭粉敷住阿军脸上的伤口。这招村里人经常用，儿子小时候脸上受伤就用过一次，立马止血见效，敷了两三分钟，阿军脸上的伤口终于止血了。看见阿军满脸的血迹，母亲慌了手脚。让儿媳看见，那是不得了的！于是，赶紧找张毛巾，沾上水把阿军脸上的血迹搓抹干净，然后抱着阿军坐在沙发上，细声细气地安慰他，阿军就停止了哭泣。这时，儿媳下班回来了，看见满地的玻璃碎片和正在母亲怀里抽噎的阿军，儿媳心中怒火哗地蹿了上来："怎么回事？这到底怎么回事啊？"母亲慌乱道："碎玻璃划破脸了。"这时，儿媳才发现阿军脸上那块正浸着血液的黑印，大声呵斥："你放了什么？"母亲说："木炭粉呀，他爸小时候受伤就放炭粉，很管用的，止血很快的。"儿媳从母亲怀里夺走阿军，十分心疼地抚了抚伤口的周边，说道："怎么会管用！难怪他爸脸上有块黑疤。走，赶紧上医院！"说着抱阿军跑出门去。母亲还愣站在原地不动。儿媳跑到楼下，母亲抱着阿军的衣服，小跑着跟在儿媳身后。

医生给阿军洗干净伤口，缝了几针，黑疤变成了红印，有两厘米长。医生说："还好，来得及时。要是晚来了，伤口吸收了炭粉，黑疤就烙在脸上，永远都弄不掉了。"母亲缩着脖子不敢吱声。

下午，儿媳准备出门时，想交代母亲如何如何注意阿军的脸伤，突然发现母亲不见了，行李也不见了。儿媳大声质问刚刚刷完牙的儿子："你妈呢？她是不是回去了？"儿子很惊讶："你说什么？我妈回去了？"儿媳说："我来不及了，要迟到了。不把你妈找回来，你就在家带阿军！"说着就踢门出去。

儿子断定，母亲肯定是走路去车站的。儿子一路狂奔，终于在快到车站的地方截住母亲。儿子把挂在母亲肩头上的布袋卸了下来，挂上自己的肩头说："妈你也真是的，怎么一声不吭就走了呢？你走了阿军怎么办？"母亲懊恼道："都把阿军伤成那样了，我哪还有脸待呀？"儿子说："妈——，你也不想想，你走了我们怎么办？我们在家带阿军？我们还要不要工作？还吃不吃饭？还活不活下去？"儿子咚咚咚一连串的质问把母亲敲醒了。她说："我真是糊涂啊，都把阿军伤成那样了，还好意思走？我还能走啊？"

　　母亲心里盘算过，反正都是自己的错，都是自己粗心酿成，都是自己不好，儿媳想怎么样就怎么样吧。谁知道，儿媳却当作什么事都没发生，非但不打不骂，态度还比以前好了许多。有时下班回家，儿媳竟然还会朝她微笑一下。母亲感到很亲切，又很愧疚。此后，母亲一点都不敢怠慢了、不敢走神了。阿军走到哪儿，她就跟屁虫似的跟到哪儿。阿军脚下一歪身子一斜，母亲就赶紧跑过去扶正，有时甚至用身子垫在阿军身下，不让他有丝毫的闪失。

　　晚上睡觉的时候，母亲总是没法入睡。儿子儿媳的私房话不时地传进她的耳朵。她也不是刻意去偷听小两口的私房话，是私房话自己跑进她耳朵里，她躲都躲不及。这样也好，她也想听听儿媳对她到底是什么想法。要是儿媳说了她的不是，她要好好记住，按她说的去改，好好地改，马上就改，彻底地改。但儿媳好像没怎么说她了，倒是经常说儿子的不是。有一次，儿媳说："你应该读个函授，弄个大专文凭。"儿子说："我上课那么忙，一天到晚都有课，又当班主任，哪有那闲工夫考文凭？"儿媳说："现在，很多人都在议论，你们实验小学老师的素质根本比不过五小。"儿子说："为什么？"儿媳说："五小老师绝大多数都有大专文凭，而你们实验小学只是中师。"儿子说："五小刚办两三年，老师都是新招来的，大专文凭多也是正常的呀。"儿媳说："所以人家素质就比你们高嘛！"儿子说："谁说大专就一定比中师素质高？他们有资格跟我们比吗？"儿媳说："你敢说不是？"儿子说："他们比我们差远了，差的不是一个级别！"儿媳说："高傲自大！"儿子说："这是事实！当年我们上中师是怎么录取的，你肯定不知道！"儿媳说："不就是个普通中专嘛，难道像北大清华那样百里挑一？"儿子说:"唉,你别说还真有些类似。当时我们中考的时候,先是中师录取,把成绩最好的学生挑走,然后才到地区高中录取。我们那拨师范生呀,很多人的中考成绩都超过地区高中录取线,我还是全地区第50名呢!"儿媳说:"你就吹吧,反正不收税!"儿子说:"我都懒得吹!"儿子又说:"他们哪能跟我们这些系统训练过的中师生比?我还是师范里排前三的优秀生呢!所有科目的成绩都接近满分甚至满分,他们有资格跟我比?没法比的,下辈子都没法比!"

…………

儿子这番鲜亮的话,把母亲带回了儿子的学生时代。儿子是村里最能读书的孩子,无论读到哪个年级都是学校里的第一名,真是给母亲长脸啊!但母亲总是神气不起来。儿子每次接到高一级学校的录取通知书,母亲虽然面上带着笑容,但内心却不停地叹道:唉,又要花大钱了!中考时,儿子考了那么高的分,上地区高中就像拔一蔸白菜一样容易。以儿子的聪明,上了地区高中,考个像样一点的重点大学,就像种一蔸白菜一样简单。但儿子却填报地区民族师范学校。初中学校的老师和村里人都觉得可惜,真是太可惜了,大材小用了。母亲问儿子干吗不念高中?儿子嘻嘻嘻地笑了一阵之后说:"人穷志短嘛!"母亲说:"人穷志短是啥意思?"儿子一时都不知道如何解释。他说:"今年招的是最后一届国家包分配的大中专学生,之后就不再包分配了,而是自谋职业了,自己找饭吃了。就算上了高中,念完大学,我们这帮一点门路都没有的农家子弟,去哪儿找工作?就是找得到,也不一定是铁饭碗呀!再说了,民族师范的学费和书费都是减免的,省了好大一笔钱。而且,民族师范还给发伙食费呢!还给买生活用品的钱，吃的用的国家都包了，等于提前三年吃'皇粮'。再过三年就安排当老师了，我就能领到工资了，捧铁饭碗了，旱涝保收了。若不，又上高中又上大学，再熬个七八年，大把大把地花钱，我们孤儿寡母的去哪儿弄钱？"儿子这番话，母亲虽然不全听明白，但起码也听出个大概。反正就是：读民族师范花钱少，国家包吃包用，而且出来马上就安排当老师，马上领工资，马上吃"皇粮"。读高中上大学时间长，花钱多，安不安排工作还不定呢。儿子真是知根知底呀，好贴心呢，母亲心里暖融融的。想不到，儿子这么小，却比大人还会想、还会体谅、还要懂事，母亲感到很欣慰。母亲杀了一只母鸡和一只公鸡，请邻家大婶大娘几个人来吃个饭，庆贺庆贺。

儿子分配到县城小学后，村人常夸赞母亲道："你命真好，真有福气，儿子都出息到县城去了。"母亲心里很自豪，但话却很谦虚，她故意摇头叹道："福什么福咯，辛辛苦苦把他拉扯大，却跑到城里去了，跟别的女孩住了，丢下我这把老骨头在家，背弯了气喘了还得干重活粗活，跟没个子女似的。哪像你们呀，成堆成堆的子女围在身边，重活轻活都不用动手，整天张嘴等饭吃，你们才享福哩！"这话倒也实诚，是真心话。有时母亲挺羡慕村里那些儿女们读不得书都在家种地的人家，家务活地里的活儿都由儿女们包揽了，做父母的只是袖手在旁边指指点点，一点都不劳神费劲。尤其是山脚的美莲婶，丈夫也跟儿子他爸一样，早早就病逝了，留下她和一个傻儿子（其实也不算傻，只是反应慢，说话有些磕巴），原以为这家人肯定是难死了，活不下去了。谁知道，傻儿子长大后人高马大的，什么重活儿累活儿都难不住他，美莲婶什么活都不用沾手，傻儿子晚上还暖水帮她洗脸洗脚呢，把她侍候得像个贵妇人似的，让人羡慕得不行。母亲有时候这么一对比，觉得自己好委屈好可怜。她一直以为，辛辛苦苦把儿子拉扯大，成了公家的人，是多么的光宗耀祖！谁知道自己却几年都见不到儿子一面，儿子结婚也不敢到现场，自己这辈子真是白累白活了，一点儿都不值，太不值了。想到这儿，母亲就心酸心痛，眼泪唰唰唰地流了下来。

儿子结婚后回了一趟家，他向母亲炫耀："我现在是城里人了，有工资领，吃不忧穿不愁，比待在穷山沟里的同伴们强太多了！"儿子话刚落音，母亲便嚷开了："哟，你能跟人家比？人家孩子都快小学毕业了，哪像你，都三十了也没个儿子。"话虽这么说，但母亲心里却亮堂着。毕竟，儿子真是出息了，在县城工作，讨了县城的女人做媳妇，村里的小孩谁能比？他们做梦都不敢想呢！

想着儿子风风光光的事儿，母亲竟然兴奋得睡不着觉。

没过几天，天气转凉，母亲因为经常来回跑动照看阿军，没怎么注意穿上外衣，她着凉了，感冒了，整天流鼻涕，打喷嚏，咳嗽。儿子花了近百元钱，捡了点西药给她吃，也不见有好转，还是咳得很厉害。后来，儿子又买了两瓶蜜炼川贝枇杷膏，吃完之后，还是一点起色都没有。白天咳，晚上也咳，没完没了地咳，咳得肠子都要扯出来，听着真是难受死了！

这天半夜，母亲剧烈地咳过一阵之后，就听见儿子和儿媳在卧室里吵了起来。

"吃了那么多的药也不管用。"儿媳小声说。

"老人家吸收慢，过阵子就会好的。"儿子的声音怯生生的。

这时母亲又剧烈地咳了起来，咳嗽声波澜壮阔，一波接一波，没完没了，无法收拾。

"看她咳得扯颈扯喉的，十有八九是痨病。"儿媳说。

"莫乱说！"儿子说。

儿媳说："乱说什么，我家隔壁那个老妈子得了痨病，就跟她一样，白天咳，晚上也咳，没完没了，整条街的人都被她咳得睡不好觉。"

儿子说："现在医疗这么发达，就算是痨病，也能治好的。"

儿媳说："明天叫她回家吧？"

儿子说："回家？她回家了，谁带阿军？"

儿媳说："再找个保姆。"

…………

吵架过后，夜很寂静，母亲却不再咳了，一声都不咳了，儿媳刚才的那些话就像是凶神恶煞，把她身上张牙舞爪的咳魔给镇住了。母亲双眼呆呆地盯着天花板，内心上下翻腾着"痨病"两个字。这两个字就像无数把雪亮的利剑，向母亲猛砍过来。母亲恐惧不安，四处躲藏，但怎么都躲不开，身子颤抖得像筛糠一样。

十五年前，村里的三木家先是父亲得了痨病，接着是母亲得病，再接着是两个女儿和大儿子得病，只有强壮的大儿子幸免。这病真是要命啊，不依不饶的，一人得病，全家人都逃不脱。村里人都不敢跟他们说话，路上遇见也是远远地躲闪着，他们家养的鸡都不敢放到玉米地里，而是圈养在自家的菜园里。两个女儿也嫁不出去——都染上"痨病"了，谁还敢要呀？五年后，几个得病的人一个一个地死去了，只留下大儿子，长大后他也讨不到老婆，村里的姑娘都嫌他们家得过

"痨病"呢。天啊，难道我真的染上这该死的病？母亲闷头闷脑地细想，这该死的病是到底怎么得来的？从哪里来的？三木家的几个人都死了那么多年了，大儿子也没得过这病，村里也没谁得过这病，我没接触他们，我的病到底从哪里来？我怎么会得这种病呢？不会的，一定不会！绝对不会！母亲显得很自信。然后，母亲使劲想着儿子读书的那些美好时光，想用美好的回忆把这个该死的病淹没掉。但美好回忆根本抵挡不了病魔，那个该死的病很快强硬地压在她身上。母亲又扯颈扯喉地咳，咳完又喘，喘完又咳，咳喘声比赛似的，争先恐后，一刻都不让她歇停。母亲都怀疑自己真的得了"痨病"。要是别的什么毛病，洗碗不干净呀，洗衣服没拧干水呀，管阿军不上心呀，这都好办，上上心就能改好了的。可是这病，这病……

　　天未亮透，母亲就起来了。看见母亲起得这么早，儿子也起来了。他问母亲为何起这么早？母亲快快道，睡不着了。母亲突然问儿子："哎，听说这城里的人死了都要烧掉，是不是真的？"儿子说："是呀，是真的呀。不管是谁，死了都抬去烧成一把灰，谁都逃不脱的！"母亲心里叫了声"我的天啊！"怎么会有这样吓死人的事？这怎么得了呢？

　　母亲坐在床沿，想着自己的病，想着儿媳昨夜里说的话，想着她可能要死了，想着人死后被几把大火烧成灰，母亲便浑身颤抖，不停地颤抖。母亲慌里慌张地收拾自己的东西。母亲对儿子说："我得赶回去了，马上回去！家里的鸡呀，羊呀，猪呀……"母亲咳喘几下又接着说："老让人帮看着多难为情呀！"

　　说这话时，母亲脸颊滚烫，耳根发热。其实，儿子也知道，母亲已把家里值钱的东西全部卖掉，抵了外债，到县城就是来照看孙子的，一时半会儿是回不去的。来之前，她还对邻居说，年半载都回不来的，甚至一辈子都不回来了！

儿子说："再住几天吧！"

母亲说："不住了不住了，家里活儿那么多。再说了，这儿也住不惯，老病着，天天咳嗽，吃药也不好，也没法带阿军了！"

儿子低头沉默了好一阵子，然后哀叹道："回家也好，也好……"

儿子送母亲到汽车站后，跑到车站对面的超市买了好多东西，毛衣、毛裤、棉鞋、麦乳精、人参蜂王浆、蜜炼川贝枇杷膏等等，装满一大袋。看见这些，母亲吓了一大跳："这这这怎么行呢？"

儿子说："没事的，妈。"

"这……"母亲愣了好久，"唉"的一声："你呀你呀——"母亲说不下去了，吧嗒吧嗒地掉了一大串眼泪。

回到家，邻居的大婶大娘都惊讶地对母亲说："不是说去一年半载的呀，不是说一辈子都不回村里了吗？怎么才几天就回了呢？"

母亲笑了笑，说："城里乱糟糟的，我一去就生病，吃什么药都不管用。住不惯，住不惯呀！"

大婶说："县城有好吃的，有好玩的，还有电影电视，比我们这个没电缺水的穷山沟强几百倍呢。"

母亲相当不服气地答道："好什么好喽，那儿又吵又热，话又听不懂，又没活儿干，快闷死我啦，哪比在家自在！"

大娘说："听说县城的人死后都要烧掉？"

母亲说："可不嘛，不管是谁，死了都逃不脱的，最后就剩一把骨灰，埋的地方都没有。你们说说，要真那样，县城的人有什么意思，人活一辈子还有什么意思？有什么意思呢？"

大娘摇摇头，叽里呱啦道："太可怕太可怕了！给我再多的钱我都不会去，打死都不会去的！"

母亲长叹一声："可不是嘛，我原以为，儿子拼命地上学读书能好到天上去。谁知道是到死了都没地方埋还被烧成骨灰的县城，不值啊，一点都不值啊！"

母亲把儿子买给她的东西一样一样地显摆出来，"你们看你们看，这都是儿媳给我买的，怕我挨饿挨凉，一下子就买一大袋，什么都有，花好多好多的钱呢"。

大婶大娘翻翻看看，嘴里啧啧啧地赞个不停，羡慕极了。

"你儿媳对你真是孝顺呀！"

母亲笑眯了双眼，说："可不是嘛，我一到城里，她就给我买好吃的，买好穿的，碗也不让我刷，衣服也不让我洗，我闲得发慌呢。你们说，我一辈子都忙着，哪能闲得下来呢？我白吃饭啊我？我都不好意思住下去了呢。"

"你命真好，养个有出息的儿子，又讨得一房孝顺懂事的媳妇。你守寡一辈子，苦了一辈子，也算值了，太值了！"

母亲点点头说："那是，那是！"

说着，眼睛突然潮湿起来。

说来也怪，一回到家，母亲不用吃药，病就自个儿好了，心情也舒畅了，一点都不咳了，也不喘了。

（原载于《广西文学》2019年第2期）

追梦诗人

1

愤怒出诗人！这句老土的话用在西林身上同样有新意。

新生报到那天，我和西林是同车，但我们并不认识，我们连打声招呼都没有。直到下了车，一起走进大学校门，两人相互介绍了一下，才知道都是中文系的新生，而且又是同县老乡，于是，两人都拍打胸膛大声叫道：老乡呀，自己人啊！然后击掌相认，热烈拥抱。后来，我和西林又分在同班同宿舍，他住上铺我住下铺，两人就更加亲密了。我们结伴上课，看书，散步，闲聊，吃饭。一角钱肥肉、五分钱空心菜加上四两米饭，虽然清淡寡味，但我和西林彼此关照，心灵相通，很快忘掉了异乡生活的孤单和寡淡。那时候的西林绝对是个优秀大学生的苗子，看他的四年学习规划就知道：读好专业课，争取全科成绩优秀，年年评上三好学生，力争当上省级三好大学生；读三百本文学书籍和三百本非文学书籍，能说会写，能唱能跳；等等。像西林那样的智商，这些目标完全可以实现。然而，西林这个传统意义上的好学生目标最终让一版墙报给终结了。

开学的第二个星期，班里要出一版墙报，墙报主编，那位曾经在地区报发表过一首六句情诗的班长，要求每个同学必须在两天内交上一首诗，有点咄咄逼人的意味。我从来没写过诗，也不知道诗是怎么写的，我懒得理他。而西林却毕恭毕敬。这位从没写过一句诗的老兄，冥思苦想了两天两夜，终于胡诌出几行让人浑身起鸡皮疙瘩的破诗：

　　啊，大学/你是我的一切/我是一只雄壮的候鸟/在你广阔的天空/自由翱翔！

这首名叫《啊，大学》的诗工工整整地抄写在一张方格稿纸上。那张稿纸最终被班长揉作一团，凶巴巴地扔出窗外。班长鄙夷地说，这种东西也叫诗的话，全世界起码有一半以上的人都是诗人了！看着自己呕心沥血作成的诗歌，随着那团白纸从四楼快速下沉，西林心凉了，腿软了，像一棵枯树，斜倚在窗边，惨淡的目光，落叶般飘落下来。后来西林告诉我，他当时的感觉，就像是被人用刀捅进皮肉里，然后用力翻转搅动所产生的那种绞痛。他痛不欲生。他愤怒极了。他恨不得揍人。不成为诗人他誓不为人！

发誓成为诗人之后，西林起码有两个星期睡不好觉。这个睡在我上铺的老兄，总是在夜深人静的时候翻来覆去，把床架折腾得吱吱作响，严重干扰了我的睡眠。我说："西林你到底搞什么鬼，什么东西值得你这么折腾？"西林说："我在思索成为诗人的捷径啊！"我说神经病！他："说好，好，你说得太好了！要想成为诗人，就应该有点神经病，就应该疯癫。"西林认为，成为诗人的快捷办法是读诗，不是读李白杜甫白居易，也不是读雪莱拜伦泰戈尔，要读报纸杂志上发表的新诗，特别是舒婷北岛顾城的诗。只有这样，你才知道，现在诗人写什么诗，写什么诗有读者，写什么诗能让编辑认可得以发表。西林整天把自己关在图书馆的阅览室里，像饥饿的灾民一样，把一首又一首的当代诗歌，统统填进空洞的脑子里。半年后，西林的处女作——第一首爱情诗《不要总是问我》在一家地区报纸发表：

　　亲爱的，不要总是问我/下次见面的钟点/不要总是对某棵树发愁/在分手的时候/既然你的芳草地已涂满阳光/既然你已成为我的风景/亲爱的，想来就来吧/爱，不受时间阻拦/在梦醒的午后/还是迷离的黄昏/我心的大门时刻对你开放/每一朵甜笑都在等待你的芬芳。

这首诗还真像那么回事，但没有引起任何轰动。因为，班上已有四人在地区报纸发表过诗歌了。就像班长说的那样，中文系学生在地区报纸发表一两个"豆腐块"，就像农民种米必得米一样，有什么值得大惊小怪？

有天早上，课间操的时候，西林拿了一本新出的省文学杂志给我，指着大学生诗苑上《致琼瑶》《这种时候》两首诗神秘地说:"这是我写的!"我身子瑟缩了一下,抬头看了看西林,西林的眼里光芒闪烁。我哇地叫道:"是真的?"西林说:"你看过的。"我快速浏览《致琼瑶》:

据说中学时代,你就有过不幸的爱情,你挺不服气/不服气,你就叫许多小女子跑到世上,替你流泪/她们都不怎么能干,她们都可怜兮兮,她们老想那些没阳光的往事就被世人看不起了/后来,收留过她们的年轻人都开始担心/关于事业与爱情/关于未来与自己/琼瑶,你没有好好想过/这年头,除了哭得美丽,还有别的什么更能让人开心/你只看清自己/那么,对携过手的情侣/别再问《几度夕阳红》/别再说《月朦胧,鸟朦胧》/琼瑶,《在水一方》,航程那么遥远/你的目光伸不到岸!

这首诗的确很青春,情绪渲染得相当到位,但我没有过度惊讶,因为投稿之前他给我看过。我快速浏览《这种时候》:

真的/该唱支歌给你听了/然后/你玉立于歌曲深处/忧伤地望我/表情如同典故一样幽深/什么时候你学会倚楼/学会望尽千帆皆不是之后/幻我为彩帆停住江心/流泪绝对动人/《一无所有》随心所欲地渴望流成一带辉煌的夕照/温暖你在冬天/我的叹息如雷/甜甜地融成你的等待/真的没有救了吗/命运活该如此命历尽坎坷才算美丽/是男人我坚决不哭/是女人你永远可爱/别以为四周很静就

可以浩浩荡荡地通过/四周很静四周暗藏杀机/沉默呈水状困你我在河之洲/先不要害怕/把手暖暖地给我/你我互为船只和桨/记住/真能走远的时候/一切会潇洒的/手势有力/步伐细腻/伞撑得不算太高/这时候/路程在节节败退/驿站扯近/我们依偎着憩息/以微笑的方式/以瞌睡的手法/憩息/那么绝对说好了的/选择迷离的时刻启程/别出声/也不用预约。

　　这首诗他投稿前也给我看过，我第一次看到，有人把爱情写得如此的迷离凄美，让人欲罢不能。我很震撼，我真是对西林刮目相看！现在，看完西林两首变成铅印的诗歌，我只有激动，我激动得全身发抖，手心出的汗，把杂志的页面都弄湿了。我一直把省文学杂志当作一块难以抵达的圣地，我总觉得，在上面发表文章是多么上档次、多么了不起！现在，我的同学西林也在上面发表诗歌了，而且是两首。这是我们班同学第一次在省级刊物亮相！在我的心目中，西林的形象一下子高大起来。那时候，如果你看见班上哪位同学背挂的书包里有半截报纸伸出外面，他肯定刚在那张小报上发表了什么东西——几行短诗、小散文、小故事，甚至是几句笑话之类的。走进教室后，他会故意把书包拉到胸前，左右摆动，让那截报纸充分暴露在我们面前。接着，一些同学会冲上去抢那张报纸，他们很快会翻到有关版面，找到某某的名字，然后叫喊着：哇哇哇——某某在什么什么报上发表东西了！这种叫声往往很大、很夸张，弄得教室里沸沸扬扬的。那个同学会站在旁边，脸上露出似笑非笑，高深莫测的样子。这种时候我是很难受的，连这种小报我的文章都上不了，你说我能不难受？我喘不过气啊！但是现在，我一点都不难受了，真的，我为西林感到自豪。

我走到讲台上，扬着手里的杂志叫道："西林在省文学杂志发表诗歌了，还是两首啊！"一帮同学涌了上来，抢走我手里的杂志，教室里乱成一团。杂志被抢来抢去，最后落到班长手上。班长从头翻到尾，又从尾翻回头，瞪圆双眼看了又看，然后皱着眉头问道："哪首是西林的？"我指着《致琼瑶》和《这种时候》说："就这两首。"他冷笑了几声，说："笑话，这两首诗是西林的？"我说："是呀。"他说："名字呢？西林的名字在哪儿？"我一看，天啊，千不该万不该，杂志竟然把作者西林的名字给漏了，没挂上去，目录也只有"大学生诗苑（10人）"几个字，并没有西林的名字。我说："我看过这组诗，西林发稿前给我读过。"然而，我的证词苍白无力，无法证明那组诗是西林的。班长说："谁信呀，啊？你们说说，可信吗？"同学们都说："是呀，文学杂志是那么容易上的？才大一呀，连班长的诗都上不了，西林你好意思冒充？"一些同学还说了一些很不好听的话。西林从班长手中把杂志夺了过来，卷成一筒，用力塞进书包里。

一个月后，西林叫我陪他去领稿费，省文学杂志社寄来的，55元，够两个月的生活费了。我看得直发呆。去邮局领款之前，西林把那张汇款单复印了下来。我说："干吗？"他说有用。我说："有什么用？"他说："你不知道的。"

后来，西林拿这两首诗去参加学校举办的年度学生优秀文艺作品评选，初评时被评为一等奖，但终审时被刷了下来。理由是，西林剽窃了他人的作品。西林委屈得都哭了。原来，西林在书上剪了"西林"两个字，贴在组诗题目下面，再拿去复印就跟真的一样，初评时评委也看不出来。终审时评委去核查了原杂志，西林的马脚就露出来了。西林把55元的稿费复印件交上去，一个评委当场对着那张复印纸质问他："稿费？稿费能说明诗是你的吗？说明不了的。再说，稿费单也是复印的，肯定也是假的。"西林气得满脸发紫，脖子僵硬，一句话都说不出来。

那天，西林目光呆滞，脸一直板着。他连晚饭都不吃。

晚上，我和西林并排坐在校园的湖边。天黑得什么都看不见，黑暗把我们团团围住，我害怕得浑身发颤。整个夜晚，我们只说了几句话。我说："他们这样做太不公平了。他们怎么可以这样呢？"西林说："他们有他们的道理。"我说："他们有什么道理？简直是嫉妒！"西林不语。我说："你很恨他们？"西林说没有。我说："你应该恨，这帮人太可恨了。"西林说："恨有什么用？或许，我还得感谢他们。"我说："什么意思？"西林说："没什么意思。"我想再说什么，又无话可说。夜深了，我叫他回去。他说："我不回去。"我说："这水又深又冷的，你可不要想不开哟。"西林说："我有什么想不开？为这点事想不开，我还当什么诗人？"我没说什么就走了。西林一直在湖边待到天亮。

西林从此拒绝参加学校任何作品评选。

2

西林把一头乌黑浓密的头发剃得一干二净，算是对那次评奖的无声抗议。从此，西林的光头，不停地反射出诗的灵光。他经常在上课的时候，把黏糊糊的目光洒向窗外，捕捉那些漂浮不定的灵感。他经常在夜间的某一时刻，突然从床上坐直身子，用手电筒照亮稿纸，把那些突然光临的诗句抄录下来。西林告诉我，他不少的诗作，都是先得到一两句妙不可言的好诗，然后围绕这些诗句进行构思，联想，抒发，最后写出完整的一首诗。那感觉，那过程，简直太美妙了！我说："你要是如此教人家写诗，那就完蛋了。"西林说："你不懂的。真的，你不懂。"我说："你才不懂！"

某些夜晚，特别是漆黑的阴雨的夜晚，西林会一整夜像一根木桩，插在校园的湖畔，默不作声，仿若一位世纪老人面对沧桑的往事。西林告诉我，他只要在湖畔静坐五分钟以上，就感觉到那宁静阴森的湖面，波涛涌动。那不是波涛呀，那是跳动的情绪，那是纷繁的意象，那是五彩的诗句！于是，诗歌就气泡一样，不断地从西林脑海里冒出来。

我说："你真是个怪物！"

西林说："你应该说我变态。"

我说："变态谈不上，但起码是胡思乱想。"

西林说："你说得对，写作就是胡思乱想，不胡思乱想，哪会有《西游记》之类的神话小说？"

我说："你这是污蔑名著。"

西林冷笑了几声。

西林那颗闪亮的光头真是灵光四射，在尔后的一年时间里，放射出一百首诗，平均三天一首，其中有54首发表在省内外的报纸杂志上。那一年，西林被评为全省十大校园诗人。西林成为我们大学校园里的红人。我们班的同学都觉得西林高不可攀。我觉得高不可攀的是西林的诗。这时候，西林的诗不像当初那样，明亮，轻快，爽朗，而是像浓重的雨雾，迷蒙，缥缈，晦涩，把我们绕得迷迷糊糊，不知去向。我对西林说："你的诗到底表达什么，我怎么都看不懂？"他说："你真的看不懂？"我说："真的。不光我看不懂，好多同学都看不懂。"他说："那就对了，看不懂就对了。我最怕人家一见面就告诉我'你那首诗写出了我们的心声呀，太真实了，太贴近生活了，太好了！'"我说："那样的诗不好吗？啊？人家白居易的诗，连不识字的老太太都听得明白，那才叫好诗呢。你说说，看不懂的诗好在哪里？"西林说："你懂什么？诗是一种感觉，一种情绪，感觉和情绪是能说得清楚吗？"西林看了看我，右脚尖敲了敲地板说："好诗就应该像一团浓雾——白茫茫的浓雾，让你一眼看不透，甚至永远看不透。好诗就应该像一片巨大复杂的原始森林，让你进去后永远出不来。"我说费解，真是费解！在西林的诗里，月朦胧树朦胧，山朦胧水朦胧，生朦胧死朦胧，爱朦胧恨朦胧，一切的一切，统统朦胧。那时是朦胧诗的天下，越朦胧就越被推崇，越朦胧越看不懂就越被认为是好诗。那些朦胧诗就像幽灵一样，飘飘忽忽、若隐若现，让人捉摸不透，所以有人把它们叫"幽灵诗"。

西林说："朦胧也好，清晰也好，能发表就算本事，有能耐你发表几篇看看？"这话戳中我的痛处。

3

那时候，在大学校园里，大学生只要能发表三到五首短诗就有可能被学生们称为才子，就会被人崇拜、被人仰视，从而开始收获情书。情书可以给枯燥的校园生活带来一些温馨和滋润啊！所以，包括我在内的好多大学生，一进大学校门就疯疯癫癫地写诗，然后一首一首地往报社杂志社寄送。但绝大多数人都跟我一样，收获退稿，怎么也成不了才子，怎么也收获不了情书。当时的刊物少得可怜，不像现在，连县里都有报纸杂志，想发表一两个"豆腐块"，肯定没有问题。可那时不行啊，那么少的版面，何时轮到我们这些无名之辈。我认真想过，西林的诗能够发表，就是因为歌颂爱情——他从始至终都歌颂爱情。爱情是千古不衰的文学主题啊！而我们歌颂什么？小花、小草、雨滴、露珠，不痛不痒，写得再好，也没多大新意，拿什么去吊读者的胃口？于是，我悄悄地模仿西林写爱情，写得柔柔顺顺的，看起来跟西林的诗没什么两样，可就是发表不了。我拿一首写得最好的诗给西林看。西林说："写得不错，达到发表水平。"我说："可惜已被三家杂志社退过稿了。"他双手绞在胸前，看了看我说："一个县能当上县长的人不止一个吧？"我说："当然不止一个，也许有几十个，甚至上百个。"他说："对呀，但是只有一个人得当县长。同样道理，编辑部每个月收到达到发表水平的诗歌有几十篇甚至上百篇，但用上的却只有几篇，你说为什么？"我摇摇头表示不知道。他说这就叫玄机呀。我说："什么玄机？"他说："我也说不清楚，说得清楚就不叫玄机了。不过，如果你这首诗挂上'西林'两个字，保准发表，你信不信？"我说："有这么神？"他说："神不神到时候你就知道了。我首先声明，我们只是打赌，我可不想占有你的精神成果。"我说："一首破诗，至于吗。"

西林在这首诗中间加了四个短句，共十六个字，让整首诗变得更加朦胧迷离，令人捉摸不透。西林说："这样，我就不用'剥夺'你的精神产品了，算是合作吧。"诗歌题目下面挂上我和西林的名字，我的名字在前面，"西林"二字放在后面，然后寄给一个曾经退我稿的杂志社，结果真的发表出来了，而且一字不改。我很激动，对西林佩服得五体投地。

很快，我就被这首诗羞辱了，激怒了。一些同学说：什么合作呀，分明是西林的诗，他不过是挂名罢了。一些同学说：他那点能耐，能写出什么样的诗，我们还不知道？这种骂法跟现在被人骂为傍大款一样让人窝囊难受。西林对此作了不少解释，但也无济于事，他们对西林说："我们知道你是活雷锋，拿自己的诗施舍给别人，让别人沾你的光出名，我们可不想沾你什么光。"简直是把我气死了。我也学西林指天发誓："当不成诗人我誓不为人！"但我的誓言等于废话。我没有西林那样的天分、那样的癫狂，任凭我怎么努力、怎么绞尽脑汁，我也只能等回退稿。

整个大学期间，我就依附西林的名字发表了一首诗，还被指责为沾了西林之光呢。我和大多数同学一样，想通过发表诗歌来收获情书，跟做春秋大梦没有什么两样。班长虽然发表了几首情诗，写得也相当缠绵柔美，但只是发表在地级报上，又没有署名学校和班级，所以他也收不到情书。他的情书也只是来自校园里几个崇拜者，无法和西林匹敌。

我们只能痛苦兮兮地看着西林收获那些雪片一样飞来的情书。本校的、外校的，中专的、大学的，都奔着西林而来。有的还在信中夹上玉照，让人羡慕得不得了。开始几个星期，西林沉溺于那些情书里，来信必看，有照必复。后来不知为什么，他不在乎那些情书了。高兴的时候看看一两封，不高兴的时候连信封都没打开就撕碎扔了。我们都觉得可惜，因为其中必有美女呀！我们班一般是在四坡饭堂吃饭，因为四坡离我们宿舍很近，走几步路就到了。但是有段时间，我们一大帮男生竟然跑到很远的八坡饭堂打饭。原因当然不是八坡的饭菜特好吃，好吃与否我们关系不大，我们的经济能力最多只能承受四两米饭和一角钱肥肉片、五分钱青菜。但是，八坡饭堂刚刚聘用了一个漂亮女孩，我们不得不去啊！

对于我们的行为，坚守四坡饭堂的西林嗤之以鼻。有一天，他突然问我："干吗不去八坡？"我说："漂亮女孩走了。"西林眠嘴冷笑不已！我说："我们跟你不一样啊，你有美女自动上门。"西林还是冷笑着不语。我说："那么多的信你怎么连看都不看？多可惜呀！"西林说："你认为有必要看吗？"我说："人家那么崇拜你，干吗不看呢？"西林拿了几封夹有照片的信给我说："看吧，好好看吧。"我打开看一看，竟然是张瑜、邓丽君、朱明瑛之类的明星剧照，剧照下面还写着：癞蛤蟆想闻天鹅屁不?！我笑得肚子都疼了。

我们班上的几个女同学也是"西林迷"，她们偷偷地把西林发表的爱情诗抄写在笔记本上，晚上睡觉前悄悄拿到被窝里来品味，然后春心浮动，辗转难眠。我至今都还弄不清，西林那些雨雾般不明不白的情诗干吗让女生如此痴迷、如此陶醉？比如，《季节》这首诗，我就觉得语无伦次、狗屁不通。

穿过爱情的雨季/在风的哭泣雨的泪滴里/在漫长季节的边沿/在泪眼迷离地等待/有一种潮湿的情绪/有一只湿润的红手/等你轻柔的抚摸/和你冷暖的问候。

什么玩意儿啊？但人家女同学偏偏痴迷这种诗，有什么办法？班上一位长得有点胖的女同学问西林："那支'红手'是谁的呀？不会是我的吧？"西林斜了她一眼说："自作多情，你有那么纤细温柔的手吗？那只手就是爱情！什么叫爱情？你懂吗？"那位女同学羞得满脸涨红，头低垂到胸前，恨不得找一处地缝钻进去。

4

西林的大多数诗作发表在文学杂志的大学生诗苑里，而大学生诗苑一般都注上作者的校名和班级，这是西林很快声名鼎盛的重要原因。出名之后，西林不断被校内校外的学生文学社请去介绍创作经验，搞讲座，作辅导。别人一提到中文系就会提到西林，一提到我们班就会提到西林。我们班长就是省级优秀三好大学生，还有好几个人也得了不少奖项，但却没被人记挂在心上。我们的一切辉煌，统统被西林的诗歌淹没了。全班的同学都在吃他的醋。我们甚至觉得，跟这个狂妄的家伙共班是多么的不幸多么的倒霉多么的窝囊！有很多同学都恨不得这个家伙马上从我们班上消失。

关于西林，中文系老师有两种看法。写作老师自豪地说，在校学生能发表了这么多的诗作是实属罕见，中文系史无前例！其他科任老师却不屑一顾。他们说："我们的学生竟然写出这样语无伦次的诗歌，有什么价值？有什么读者？啊？中文系教学失败了！"西林不管这些，他只埋头写诗。这时候的西林十分的孤傲，他不参加班上集体活动，他与班上同学照面时也没有任何表情，他甚至对我这个知己朋友也是冷若冰霜。他每天背一个陈旧的米黄色帆布书包，早出晚归，独往独来。

西林比他的朦胧诗还要让人看不懂！

与如日中天的诗歌相比，西林的学科成绩却是糟糕透了，总成绩全班倒数第一，有三分之一的科目是依靠补考才得以通过的，西林是班上唯一一个没拿到学位的学生。但我们谁也不敢轻视他，甚至还认为，他混到这地步，比我们这些学科成绩优秀但没有多少作品的大学生更有价值。

我们一直以为，西林分配到杂志社报社当个文学编辑是顺理成章的事情。但后来情况并不像我们想象的那么简单。当时我们那帮毕业生还是国家包分配，分你去哪里你就得去哪里，没有任何选择的余地，不像后来搞双向选择，你想去哪儿，只要有人愿意接收你就可以去。那年杂志社报社都没要人，就是要人，西林这种人也不能去。因为我们是师范专业，师范生只能当老师，一般是不允许改行的。后来，我分在市里一所重点中学，西林则被分配到我们县一所偏远的乡镇中学。报到后，西林寄给我一封信。信中说：同事对我说，不好好读书，连考试都不及格，还写什么诗咯？还朦胧呢，朦胧了还叫诗？如果再不好好教书，连饭碗你都保不住。你看看，简直就是文盲！

除了这封信，西林此后一年时间都不和我联系了，报纸杂志上也看不见西林的名字。我以为这位兄弟与诗歌分手了。一天，我突然收到西林寄给我的邮件，是两捆小报，一捆是"西林诗歌月报"，一捆是"绿鸟诗社报"。报纸发黄，印刷粗糙，而且也没有刊号。"西林诗歌月报"全部刊登西林的诗作，都是毕业后的作品，还是写爱情，还是朦胧，比以前还要朦胧。绿鸟诗社是西林指导的学生诗社，写的也都是朦胧的恋情，而且还真像那么回事呢。后来，我发现，"绿鸟诗社报"上的几首小诗还登在市报行的副刊上。我毕业分配到中学后，别说是写诗了，就是浏览一下杂志的时间都没有了。据我所知，我们班也只有西林还在写诗了。大家一天到晚忙上班忙加班，哪有时间呀，连班长也不写了。我们校长一贯训导我们，要把全部的心血倾注在学生升学考试上，他恨不得我们连做梦都在教学生做考试题，然后所有的学生都考上重点学校。没想到，西林竟然还有闲情有心思去弄这些东西。

很快又过了一个学期。刚放寒假，西林就来找我。一见面西林便说："我辞职了。"我笑了笑说："我还以为你被开除了的。"西林说："跟开除差不多吧。"紧接着他叹了一口气说："你还有什么门路？"我说："看看吧。"

第二天，我和西林去找一家广告策划公司，他们想招聘一个写作能力强的文职人员，其实就是一个专职写手。老总一边看西林的诗歌一边摇头："你到底在写什么？"西林说："诗歌呀。"他说："诗歌？这种东西叫诗歌？诗歌怎么不押韵，还看不懂？"西林说朦胧诗。他说："朦胧诗？有这种诗吗？"西林点点头。老总说："唐诗你读过吗？宋词你读过吗？"西林说读过。老总说："那可是世界上最好的诗歌呀，人家朦胧吗？"西林摇摇头。老总说："你怎么把诗歌写成这样子，像梦游一样。你这不是糟蹋诗歌吗？"我掩住嘴巴，差点喷出笑声。好像西林不是来应聘，而是活得不耐烦了专门来给人家教训一顿。西林脸色难看起来，他不停地抓耳挠腮、扭臂跺脚。老总说："我要的不是这样的文章，我要的是写得清楚、明了，一看就懂。我们的客户可不是梦游者，我们的客户现实得很啊！"西林咬牙切齿，我赶紧把他拉出门口。

走过寒冷萧条的街道，西林不停地骂，我不作声，我只想笑，但不敢笑出来。我们接着去找一家文学杂志社，那家杂志社的负责人说："诗歌版面我们已压缩到两个页码，诗歌组已和散文组合并了，诗人都还多了去呢。"过了两天，我们又去找了一家日报社，总编说，他们从不发表诗歌。我们又去找了一家晚报，晚报称，副刊人员已满，要是愿意搞新闻，可以来试一试。西林说："我不搞新闻。"我说："我们都已跑了五六天了，情况怎样你比我清楚，现在人家给你一次机会，你自己看着办吧。"西林只好试一试。

一个月后，西林又辞职不干了。

西林走了。

西林去了哪里他没有告诉我。我四处打听，都没有他的下落。渐渐地，也就把他淡忘了。

又过了八年，我收到西林的两本诗集、一本歌曲集，歌曲集收集有十五首歌之多，词曲作者均是西林。真是奇了怪了，这家伙何时学会了谱曲？我又不喜欢唱歌，懒得翻看。三本书是西林从省城寄来的，但西林在哪里却只字不提。此后再没有西林的消息了。

5

十年班庆的时候，全班五十个同学基本都到了，大家东张西望，笑语融融。晚上，举杯庆贺的时候，一个同学叫了一声："我们的诗人怎么没来？"众人都问："谁呀，谁是诗人？"我说西林呀。一个同学说："哦，想起来了，在校时他就是红诗人呀，他现在还写诗吗？"我说前几年还在写，后来不知道了。他说，要是没写诗，他就有救了，要是还在写，他完了，肯定完了！我说："你不会写诗也不能这么作贱诗吧？"他说："我不是恨诗，我只是觉得，这年头还需要那些不着边不着际的诗歌吗？"又有一个人说："诗有什么不好？诗有什么过错？你自己不懂得写诗别拿诗来出气好不好？"我说："不要讨论诗歌好不好？现在的问题是西林在哪儿呢？谁知道西林在哪儿？"一个同学说："上个月我坐车路过G县县城，看见有个叫'诗和远方'的诗店，店门口正坐着一个写东西的长发男子，好像是西林。"一个同学说："对，一定是他，不是他还能是谁？现在的诗人和艺术家都爱留长发，整张脸都掩盖了，把自己弄得神秘兮兮的。"大家都说，同学一场，难得集中一次，明天就去G县看望他。G县离这里只有一百公里，开一个小时的车就到了。

第二天一早，十几辆小车停在G县"诗和远方"诗店门前，街上的大人小孩都围过来看热闹，把诗店门前都挤满了。他们指指点点：这么多的小车，是不是来抓西林的？西林犯了什么事？西林真的要被抓走吗？

低缓的歌声从诗店里飘出门外，西林正蹲在诗店门口，边听歌边嘬快餐面。凌乱的长发披散在瘦削的肩上，每嘬一口面条，长发便抖动一次。身上，那套十年前在大学里经常穿的西装，已经露出了好几个破洞。我们谁都不说话，都瞪大眼睛，盯着这位昔日光芒四射的同班同学，四周空气很快凝固。我说："你还真想得出呀，躲到这么个地方，还搞个诗店，我可是第一次看见，还有诗店这样的门面。"西林缓缓地抬起头，目光黯淡地掠过我身上，然后又低头继续嘬面条。我们在诗店里外转来转去，看看翻翻。靠着四面墙的书架上，除了几排西林自己的诗集、歌曲集外，其余都是古今中外各种著名诗人的诗集，真是名副其实的"诗店"啊。

这时，西林已经吃完面条，他站起来，用纸巾擦了擦嘴巴。我说："诗人同学，这几年你是怎么过的呀？"西林用手撩了撩长发，吞了吞口水，叹了口气。"流浪三年，打工五年，学谱曲一年，然后出版三本书。"西林指着书架上一大堆蒙满尘埃的书说。接着他指着音箱说："听见没有？这歌的词曲是我的，自己唱自己录音。"

一帮人都竖起耳朵听，然后，班长说，调子还像那么回事，但旋律一般，而且歌词长句太多，太朦胧，指向不清晰。另外几个同学也不懂装懂地附和道："是呀是呀，就是缺少流行歌那种震撼！"西林点点头谦虚道："说的也是，刚入门嘛，还要不断摸索。"我转移话题说："这店一年能赚多少？"西林摇头，长发四处飘动。他阴着脸说："去年开的，贷款两万，已经亏本一万，一方面是书卖不出，另一方面是书被人偷走。"我板着脸说："都什么年代了，你还搞诗店？现在谁还有闲情读诗呀？再说了，你一边写诗一边卖书，只有傻瓜才不来偷呢。"一个同学说，卖书要卖畅销书。西林默不作声。老班长说："你的诗集歌集，还有诗店的其他诗集，我们包销了。"西林脸色阴森，摇摇头说："不，不能这样搞，这样搞我受不了。我绝不会把自己的诗集歌集当作商品兜售给同班同学，我也绝不会把你们不喜欢的诗集歌集硬塞给你们。你们要是真看上，送每人一套，看不上拉倒。"我们都言不由衷道："好诗好诗，好歌好歌，世纪好诗好歌啊！你一定要赠送给我们，在学校我们可崇拜你了，毕业后你写的诗我们还没得读呢。"我们装模作样地接受了西林的诗集。

临别时，同学们都对西林说了好多关爱的话，还给了他名片。老班长说："要是想找工作，跟我打声招呼。"一个当了总经理的同学说："要是需要经费，随时可以去找我。"西林只是呆呆地望着他们，什么话都不说。

从G县回来，和我坐一辆车的几个同学一路上都在议论西林。他们说当年那么风光的诗人，让我们怎么赶也赶不上的才子，竟然变成这个样子，真叫人想不通！我始终紧闭眼睛。我的眼前总是飘动着衣衫破旧长发散乱的西林的身影，还有那个冷冷清清的诗店。

班庆结束后，我把全班同学捐献的两万块钱寄给了西林。没过多久，西林又把钱如数退了回来，并附言：谢谢关爱，诗歌不需要救济！我一脸苦笑，内心朦胧起来。

二十年后，西林那首《追梦一百年》（歌词是西林自传体口语诗改编的，颠覆了以往朦胧诗的道路，像口语一样直白易懂，满满的正能量）的网红歌曲满大街播放，诗和远方文化传媒集团已成为全市最具影响力文化企业。这时候，我们想请西林董事长吃顿饭，至少要提前半个月预约。

（原创稿，2023年3月23日修改完稿）

远程爱情

在县城等待分配时，和我相恋一年的玉秀对我说，她想让父母见我一面。我知道，玉秀是那种很传统的女孩。我说，必须的呀，而且要快。

我把毕业生分配介绍信交给乡教育组，从会计那儿领了七月份四十一块五角的薪水，再把其中的三十二块换成两瓶酒、两条香烟和两包饼干，搭上班车直奔高峰镇。

班车颠簸了两个小时就抵达高峰镇。

高峰镇是狭长瘦削的一条街，两旁挤满了水泥砖砌成的两三层楼房。一层多是门面，卖花花绿绿的百货，许多闲人在街上走来走去。这地方，比我那个盖着茅草棚的峒场强了不止一倍两倍呢。

我歇脚停在街头，想找个肉摊割两斤猪肉，但我马上又觉得没有必要。玉秀早就告诉我，她爸是个屠夫，屠夫家是肯定有肉的。

我继续往前走，正想问人，玉秀家是怎么走的，却见一个轻柔秀美的女孩正在前面二楼晒衣服。我大声喊道："玉秀——玉秀——"

玉秀看见我就跑下楼，把我迎进屋里。角柜、沙发，黑白电视崭新入时，很气派、时髦，我无比地羡慕。

"玉秀，你家真好。"我说。

玉秀不答，只是朝我甜甜地笑，然后给我沏茶。

玉秀说："我分配在乡小。你呢？"

我说："你真有福气。我今天刚到乡教育组报到，分到哪个小学还不知道呢。"

一个中年妇女走下楼，玉秀向她介绍说："妈，这是可飞，我师范同学。"我站起来向玉秀妈深深鞠了一躬。玉秀妈上下打量了我一下，然后微笑道："好好好，你坐你坐，我到肉行告诉玉秀她爸，叫他早些收摊。"

晚七点，玉秀爸、玉秀妈、玉秀和我四人围在餐桌边。

玉秀爸满脸油亮，目光笔直地盯着我问："家住县城？"

我瑟缩了一下，摇头低声道："不是！"

玉秀爸眉头皱了一下，又问："在镇上？"

我说："也不是，在峒场，很远很远的，要走好几个钟头的山路。"我一点都没有隐瞒真相。

玉秀爸眉头就皱成一条粗线。"教书也在峒场？"

本来，分在哪个小学是还没定的，但我猜想，结果肯定不如我的意。因为，我们乡是缺老师的，都是那些又偏又远的山村小学。我答说："是的，特别的偏远。"

玉秀爸不再说话了，脸色阴沉，自个儿一杯接一杯地灌酒。

玉秀、玉秀妈都眼巴巴地望着他。

餐桌边一片沉寂。

我的头脑开始发胀。

深夜，我躺在床上睡不着，两眼僵直地望着黑暗里的天花板。

这时，玉秀爸和玉秀妈正在对面房间里争吵。

玉秀妈说："你不懂得女儿的心。"

玉秀爸说："我才不管你什么心不心，反正我不能让我的独女嫁到峒场去！除非我死了。"

低低的吵闹声直白地穿墙而来。

我开始感到，我和玉秀的事变得渺茫而遥远。

一夜无眠，我翻来覆去。

鸡刚叫第二遍时，玉秀爸就出去杀猪了。出门时，他大声地叫道："秀她妈，快起来煮饭吧，可飞要上路的。"

这分明是在下逐客令。

我没有吃早饭，天刚亮就闷着头去搭早班车，玉秀默默地跟在我身后。

"可飞，真是对不起，我不知道该怎么说，真的，我对不起你。"玉秀轻柔得像山风的声音在我身后缓缓地飘着。

我不回答。

上车后，我瞥见玉秀安静地流着眼泪，不停地流。

玉秀有什么错？那么美那么柔那么爱你的女孩，她有什么错？你怎么可以让她流泪，让她痛苦？你怎么可以……我心里狠狠地咒骂自己。

我把头伸出车窗外，咬着牙，难为情地说："玉秀，你一定要等我，一定哦！"

玉秀抬起那张满是泪的俏脸，咬紧红唇，缓缓地点了点头。

我心里酸酸的。从现在开始，我必须得让玉秀爸高兴。

我知道，这样做肯定很难，我起码要分配在乡小才有一点点可能。

然而，我却被分配到一个比我家还要偏远的峒场小学，从我家过去，还要走五六个钟头的山路。

得知这个分配消息后，我去乡教育组找到组长，我说："我是师范的优秀生，为什么被分配那么偏远？"他反问我一句："你真的是优秀生？"我说："千真万确，我还是师范高低年级数学竞赛冠军呢。"说着，我拿出奖状给他看。他拿出眼镜认真看了两三分钟，还摸了摸奖状的周边。然后他上下打量着我，要笑不笑地对我点点头。他左脚尖点地，盯着我的脸说："不错，很不错嘛，的确很优秀。"他挠挠后脑勺套我的话："毕业分配的时候，学校对你们有什么要求？"我说："服从分配，到祖国最需要的地方去建功立业！"他用力地拍了一大腿，朗声道："这就对了嘛，那地方就需要你这种优秀毕业生去建功立业！"

我除了服从分配，别无选择！

那是一个破败不堪的教学点，就我一个老师，教三个年级十四个学生。

我的大脑从早到晚不停地被使用着。白天上课，晚上十点以前批改作业和备课，十点以后复习高中历史、地理、英语。因为我正在谋划两年后重新参加高考。

我写信告诉玉秀，我准备参加普通高考。玉秀说："你应该有这种志气，我对你信心满满的。"

八分钱邮票把我和玉秀的感情继续连通着。

两年时间，我只和玉秀见过一次面。那是在县城，高考前夕，我约玉秀去的。

我对玉秀说："为了你，我无论如何都要考上。"

玉秀扑闪着两只水柔的眸子，怜惜地望着我说："你瘦多了，我祝福你！"

我说："谢谢！我不会让你失望的！"

那年，我考上省城一所名牌大学，玉秀比我还要高兴。玉秀把她那两年的积蓄三百块钱塞到我手里时，我流泪了。我无以回报，只能紧紧地拥抱着她柔软的身子。

寒假，我从省城直接去了玉秀家。

玉秀爸问我："以后还分配在峒场？"

我说："最差是在县城。"

"真的？"

"真的。"

玉秀爸眉飞色舞，赶紧割了一块猪后腿来煮。

那几天，玉秀在学校补课，玉秀爸叫我跟他去卖猪肉。我负责收那些沾满肉味的钞票。

逢人买肉，玉秀爸便指着我说："我家玉秀的对象，在省城念大学哩！"那些人便定定地站在我对面，看了我许久。

开学时，玉秀爸送我三百块，我没收，他强硬地把钱塞进我的裤袋里，我无法拒接。

一年后，我收到玉秀的信。玉秀说："同校的江老师总是缠着她，烦死了，咋办？"

我回信说："玉秀，你告诉他，你心中永远装着我一个，我也一样。"

放寒假时，我兴奋地告诉玉秀，我成绩很优秀，毕业分配肯定能留在省城。

"真的能留省城？"玉秀很吃惊，双眼迷离地望了我好一阵子。

我说："都有意向了，学校推荐的，应该不用回来了。"

玉秀怯怯地说："那……那我呢？"

我定定地看着她说："调过去呗。"

玉秀迷惑道："我只是毕业于一个小小的中师，哪个单位愿意要呢？"

我说："慢慢想办法呗。"

玉秀说："要是永远都调不去呢？"

我说："那我就天天到县里来陪你。"

玉秀叹了叹道："那么远的路程……"

要开学时，我邀玉秀去省城玩几天，玉秀说她不想去。

我说："你对我有意见？"

玉秀说没有。

我说，那为什么不去？

玉秀说，不为什么。

玉秀想了想，突然又说："我去!"

我挽着美丽温柔的玉秀在校园里四处走动，那些谈过女朋友的同学见了玉秀如同见了稀世珍宝，说"这小子艳福不浅呀，女朋友简直像个仙女啊!"玉秀满脸赤红，推着我说："快点走呀! 快点走!"我走不动了，我痛快淋漓地沉浸在他们诗朗诵一样的赞美之中。

"快走吧快走吧!"玉秀又推着我。

我有些生气。我说："你呀，真是没见过世面。"

玉秀深深地垂下头，不再言语。

第二天，玉秀就回高峰镇了。

那年，我分配到省城一个厅级事业单位，兴奋得几夜没法入睡。

到单位报到第二天，我就赶回高峰镇。我要把这个消息迅速告诉玉秀。

走进玉秀家，没见玉秀。跑到学校，也没见人。我跑到肉行，玉秀爸迷惑地盯住我，许久才没好气地说："她跟同校姓江的结婚了，昨天进峒场去看公婆了。"

什么? 玉秀结婚了? 跟姓江的? 我像是突然被人猛扇了一巴掌，懵得一塌糊涂。

这时，玉秀爸挥动豁亮的杀猪刀飞快地割进了一块五花肉里，我仿佛觉得，那杀猪刀正深深地割进了我的肌肤里。

（原创稿，2023 年 3 月 5 日修改完稿）

人在古山

九月五日清晨，我接受王组长的调遣，用扁担串起两只塞满棉被、蚊帐、衣物之类的布袋，踏上通往古山小学的路途。山路瘦如一根银灰色的丝带，歪歪扭扭从这道山梁系往那道山梁，一团一团厚重晦暗的雾霭浓烈得裹得我不停地打着喷嚏。两只布袋秋千般荡去颠来，几次差点把我甩下山崖。

我是在那枚妖艳的太阳赤裸裸地在高空晃出身子时才喘着粗气儿走进了乡小。我在乡小高耸的教学楼墙根休息，眼前涌动着凌乱如麻的往事。

十天前，全乡老师，包括我这个刚毕业的师范生在内，集中在这里学习，我还做着色彩斑斓的美梦。凭着优异的成绩和良好的表现，我完全可以在这座高楼的讲台上占有一席之地，于是那几天我有些飘飘然。这个美梦在八月二十日下午三时十五分被王组长随着唾沫吐出来的声音彻底粉碎了。那时会场上一片死寂，我和所有在场的老师一样，全神贯注地聆听王组长宣读激动人心的调配方案。当王组长破着嗓门毫不客气地把我的名字和古山小学连在一起读出来时，我的头嗡地一声被击昏了，我感觉自己堕入了万丈深渊，四周潮湿沉闷的黑暗挤压得我透不过气。对于如此的分配结果我无论如何也没有思想准备。将出校门时我还信心百倍地认为，进不了县小，至少也能在乡小，谁知道我的梦做得太美了。我起码是在十五分钟以后才从麻木之中苏醒过来的。散会了，四周叽叽喳喳地响起了一些老师的骂娘声，想必他们也得到和我一样的去处……

正当我痴愣之时，少儿歌曲从楼上俯冲而下，我心里猛地一酸，扭头噔噔噔穿过乡街，沿着柏油公路奋勇前进。两个钟头后，那段八公里长的公路终于被甩到了身后。

一个农伯从山上走了下来，我问他古山小学怎么走？他右手往身后一指就头也不回地走开。我抬头望了望他指的方向，那是个山口，两株古榕正缓缓地摇曳着，山路好似从古榕那儿挂了下来。我挥动袖子擦了擦眉眼上的汗珠，然后艰难上山。日头如一盆炭火滚烫地罩在头顶，一柱一柱的热光灼痛我赤裸的臂膀。到了山口，一个农妇赶了上来，见我累得不成章法就接过我的担子，我边喘气边道谢，拖着身子尾随其后。你说我一个爷们儿让一个娘们儿帮着好受吗？说到底我也是正儿八经的农家子弟，可十几年来一直蹲在学校不谙农活变成了"软骨头"。农妇矫健的身子在前面为我引路。没多久我们分道了，那担儿又像山一样压到了我的肩上，我口干舌燥喉咙冒火，边走边伸长脖子东张西望，企图找到一眼泉水，哪怕是那种积满残枝败叶的泉水也好，然而没有，一滴水都找不到。我又半眯着双眼昏沉沉地爬上一个山坡。一个老头正光着膀子在纳凉。我问他古山小学还有多远？他指指日头软如一团红泥的地方说，翻过那山就是。我肉眼判断那山伸手可触便继续前行。天知道看似伸手可触的地方，竟然走一个多钟头也不到。

总之累得骨头散架，我隐隐约约记得是黄昏时分才走进古山小学的。放下担儿就到光老师房间吃饭。算是学校欢迎我吧，光老师、辉老师和我三人吃一盆柔软细嫩的小猪肉。酒是辉老师从家里提来的，纯正的山地玉米酿制的酒。我一杯接一杯地把酒灌进疲惫的身躯里……

第二天，我从昏睡中醒来时天已大亮，我腰肌酸软骨骼裂痛。我睁开眼睛最先看到的是新蚊帐顶上压着一大团沉甸潮湿的黑物。接着我看见一滴一滴的黄东西正从那儿滴落，是该死的泥水。昨夜，在我熟睡时下了好大的雨，屋顶上的瓦片让风掀飞了几处，水猛冲着墙，坍塌了起码有一簸箕的泥巴呢。随着眼睛的灵活转动，我看清了我将要蜗居不知多久的陋室——不足六平方米的一个小房间，四面墙七折八拐地撕开一条条手拇指粗的裂缝，可以从裂缝中间看见外面的山、看见隔壁教室里的正在早读的学生。一个土灶离床只有一步之遥，让你做梦都闻到刺鼻的烟味。黄土地面坑坑洼洼，风吹过便飘起浓浓的尘雾。这时，教室里零零星星的晨读声从墙缝里传了过来。我掀下蚊帐顶部的墙泥，然后走到操场上伸腰摆臂。晨风凉凉地刮进肌肤里，我哆嗦了一阵子才镇定下来。眼前，一字摆开的校舍松松垮垮地蹲在山脚下，残破的墙垣任风雨削出一条条大蛇般扭曲的沟壑。

光老师坐在操场一角的石凳上登记迟到的学生。他深深地勾下头，从老花眼镜上边看清那些提裤子跑进操场的学生。然后，光老师回到走廊上，将悬挂着的钢板敲响六下，宣布晨读结束。学生一听到钢板的声音便蜂拥到布满土疙瘩的操场上，按年级排成五个纵队。我和光老师站在走廊上，五十双汪着水的眼睛里透出的目光陌生地洒向我。光老师大声宣读我的名字，然后说"五年级新来的班主任，请同学们鼓掌欢迎"。于是，一阵不算热烈的掌声宣布我从九月六日这天起正式成为教师。接下来是做操，没有广播音响，由五年级班长站在走廊上喊口令。

晚上，我斜坐在昏黄的油灯下批改作文，改累了就走出门口伸伸懒腰。咣当咣当的声音从光老师的房间传了出来，沉重地敲击着寂静的夜晚。我拐过去临窗一瞅，屋里的油灯光线很暗，我依稀看见，光老师正蹲在床前，手握菜刀削一根木条，削成条凳的腿杆子。灯光把光老师迟缓的动作淡雅地影映在墙面上。

每天清晨六点钟左右，天真烂漫的儿歌一曲一曲地灌进我的耳朵。童稚纯真的歌声唤醒我的小学时代。

那时，我们村小学学生遍及十几个山屯，光老师每个山屯指派一名学生当队长，负责召集本屯的学生排队上学，到学校后就集合在操场上唱一两首歌，光老师听到歌声便出来数人、登记，放晚学表扬前三名。那时，作为一名队长，我每晚几乎都没能好好地睡过。鸡叫第二遍，我便准时站在山口上，大声叫喊："喂，上学啰——赶紧上学啰——"尖尖的童声划破了山屯的上空，把那些徜徉在梦乡的大人们吵醒。于是，该上学的便一手提着裤子，一手揉着惺忪睡眼迷迷糊糊地出了门，往山口集合。

光老师从这个偏僻小学调到另一个偏僻小学，这种模式也跟着四处传播。那时，我们只会唱《学习雷锋好榜样》《三大纪律八项注意》之类的歌曲，现在，《让我们荡起双桨》《少年少年祖国的春天》等等天真烂漫、韵味十足的少儿歌曲溢满了校园上空。光老师还像从前一样，一听到歌声就出去数人、表扬。某某屯第一名，某某屯第二名，某某屯第三名……现在听起来可能有些肉麻，而当时对那群山泉般纯真的小学生来说是够飘飘然的了。为了得到表扬，学生们普遍在六点左右赶到学校。为了表扬学生，光老师势必在学生到校之前起床，而我必须早起的原因是为了上厕所，我必须赶在光老师之前占据厕所。天知道今天我竟然赶不上了。

我们的茅厕是由一家迁居农户遗留下来的大粪坑改制而成的，顶棚盖着毛草，四周编上竹篾。粪坑的另一半露天。几根被蛀虫咬出千疮百孔的横梁上架着几块破木板。当几个学生同时蹲在木板上排泄时，可怜的茅厕便如风雨中的一叶扁舟飘摇不定。全校师生五十多人不分男女都来蹲这儿，四周的竹篾经常被学生拆下来刮屁股，没过多久又空荡荡的了，外面的人可以看见里面蹲着的光屁股。不到一个月，我们又得把破竹篾编上，然后再被拆下，再编上。学生们尿特别多，一节课不止上一次厕所，上课不久便走马灯似地上厕所。他们尿多是因为穷，穷得只能喝稀得看见碗底的玉米粥，这种稀粥喝进肚子三五碗势必多尿，课堂上学生进进出出主要是撒尿，不是纪律问题。

清晨五点多，我屎急尿胀便跳下床往厕所方向走，在门口，就听到几声带痰的咳嗽声从茅厕方向腻歪歪地飘来。我知道没救了。光老师蹲茅厕"功底"之深厚堪称一绝，少则十多分钟，多则半个钟头，而且不停地咳嗽、吐痰。最要命的是这个茅厕孕育着成千上万只功力特强的臭蚊子，白天没看见几只，可到了夜间，特别是下半夜就猖獗得要命，只要你在茅厕蹲下，光屁股便被叮得又痒又痛。光老师能在如此恶劣的环境中顽强地蹲了那么久，令我佩服得五体投地。为赶在光老师起床之前占据茅厕，我后半夜都半睡半醒，没想到今天竟然赶不上了。

我夹紧双腿站在操场上咬牙憋着，眼睛死死盯住那间茅厕，天色微亮，我实在憋不住了，终于看到光老师的身影，我头也不回地冲过去。

下午刚上课，滂沱大雨如机关枪啪嗒啪嗒疯狂地扫射我们的校舍，雨雾一束束从屋顶缝隙间喷射而下，黄水一注一注从墙基的石缝里猛灌进来，教室一下子便成了黄水塘。我背对黑板，无助又无奈地呆望着雨水怎样一条一条地洗下墙泥。浑身湿透的学生也如柔弱无助的鸡仔缩小身子，立在水中打寒颤。"危险！快！带学生躲到山洞去。"光老师的喊声穿墙而来，我赶紧带领学生往校舍旁边的山洞跑去。

该死的雨终于收住了，我们像重返家园的灾民一样回到教室。还未站定，有声音凄厉传来："快来人呀！有人掉茅厕啦！"我和光老师慌忙跑过去——茅厕的木梁被踏断了，两个男同学身子陷进粪坑里，四条手臂和两颗头颅在排泄物上挣扎哭喊，我们伸出木棍一个一个将他们提了上来。

厕所安全问题被严肃地摆到面前。在光老师的房间里，我、光老师、辉老师三人六眼木木地互相对望着。良久，我说："拿学费买几根梁子吧。"光老师缓缓摇头。每个学生八角钱还交不齐，总共不到三十块，十几块又已垫支穷学生的书款，难啊！

"向学生家长集资。"我说。辉老师用力吸了一下鼻子，摇头说："农民那么穷，集什么？"光老师说："厕所和教室都是危房，学生要是出了人命，我们就完蛋了，看来得找王组长。"我说："对，找他，应该找他，他要负责任的。"

第二天是星期六，我和光老师早晨六点启程向乡街进发。六个钟头后，我们疲惫不堪地来到教育组。王组长午休刚睡醒，光老师用苍凉的语调把校舍和茅厕的险情陈述之后递出了报告，王组长揉着惺忪睡眼说："你们条件很艰苦，你们的困难我也很同情，报告先留下吧，待我派人核实后再往县里送。"说着把报告扔在一堆旧杂志上面。"还有什么事？"他显然在下逐客令。"没有，没有了。"光老师很客气。我们离开教育组，走进乡小去听作文观摩课。也许是太累了吧，听着听着，我竟然睡着了，观摩课散场后，光老师才把我叫醒。

光老师关节炎来不了学校，辉老师也整天不见踪影。我如一名掌管数台机器的纺织女工，在三个班五个年级之间来回跑动。放了学，学生们散去，一锅滚粥似的校园又陷入沉静。我横倒在床上，头脑如飞满一群蚊子般嘤嘤嗡嗡地难受。辉老师提了只血淋淋的山鼠邀我上他家，我正郁闷烦躁，就跟在他身后，翻过学校背后的大山就到了辉老师的家。那晚，山鼠焖黄豆，味道好极了，纯正玉米酒烧得我们满脸赤红。

从古山小学出来，我拐到教育组去找王组长。

我说："每个星期都这么来回折腾，我实在受不了。"

王组长说："你可以不出来嘛。"

我说："我必须出来，为了下周的粮米油盐。"

王组长说："每周都出来是累了一点，年轻人可以克服的嘛。"

王组长拍着我的肩膀说话时，嘴角泛出两堆白沫。

我瞪了他一眼，声音粗硬地说："我要求调动！"

"调动？去哪？"

"公路沿线，哪所小学都行。"

"你呀你呀，工作还不到两年就想调动，哪那么容易？起码八年十年再说嘛。"

我说："无论如何，你得把我调出来，若不然……"我双手叉腰站成挟胁他的姿势。其实，真不让我调，我又能把他怎样？

一个星期后，我和光老师在教育组楼下晃动时，王组长从二楼会议室走了下来，一看见我便说："你呀，想开点，先干一段再说嘛，我会考虑考虑的。好好上课，别整天老想调动的事。"

我说："我们不是为调动而来的。"

王组长"啊？"了一声。

光老师说："我们三个老师已凑钱买了三根木梁，茅厕勉强可以支撑一阵子。"

王组长很激动，说："好，很好，你们做得很好！"

但是，光老师说："王组长，校舍实在太危险了，朝不保夕呀！"

"这个嘛，我还没空下去核实，这段时间一直忙于调配，抽不出时间呀。这不，现在正开会呢。过段，过段再说吧。"

我知道他现在肯定很忙。他要把全乡几百个老师重新调遣、组合，每满一学年他都要这么做。

"过段时间？等房子倒塌再说？"我的声音很大。

"你……"王组长气得说不出话了。

"算了算了，王组长太忙就算了。"光老师拉着我的手小声说，"走吧。"我们悻悻地离开教育组。

两次和王组长正面冲突让我预感到，我企图通过调动来改善处境变得无限渺茫。王组长不会让我调动，王组长永远不会让我调动！我决定参加高考。我去乡教育组开证明参加预考时被王组长卡住了。

他说："你上大学了，古山小学谁来顶替？"

我说："今年有新分配的师范生，你也可以从外面调人嘛。为什么一定是我？"

王组长沉默，大头颅生硬地晃动着。良久又说："都领国家工资了，还要高考？你这人太异想天开了。"过了一会儿，王组长鄙夷地盯着我，说："你相信你能考上？"

我说："考不考得上那是我的事。"

王组长说："要是我不同意呢？"

我说："你必须同意！"

他说，为什么？

我说："国家政策规定，中专生工作满两年可以参加普通高考。"

王组长"啊？"了一声说："有这种规定？"

我也学他"啊？"了一声反问："你不知道？"

王组长咬着嘴唇，高深莫测地沉思了许久，极不情愿地说："那这样吧，你先在学校开张证明，然后到学区盖了章再送过来。"

我说："这么麻烦？"

他说："嫌麻烦就甭考！"

无奈，为了小小一张证明，我又奔走了一天一夜。

我以超过分数线八十分之多的分数通过了预考，这个分数让我望见了大学的门槛。

星期天，我买了两斤猪肉邀光老师回学校。光老师星期天一般是不去学校的，他要帮妻子干一整天的家务活儿农活儿，然后下半夜摸三个钟头的夜路准时在六点以前赶到学校。但是今天例外，我预考通过了，他很高兴，留在了学校。

晚上，玉米酒很好，我们师徒俩边喝边聊，很投机。

"祝你高考顺利！"光老师举杯文绉绉地祝我。

我说："谢谢！你永远是我的好老师，我永远感激你。干！"

光老师"哎"了一声，说："我老了，不中用了。"

我说："你呀，就是太好，太听话，王组长总拿你当傻子使，哪所小学没人去就推你去。"

光老师说："话也不能这么说，他也有他的难处。你想想，我们乡多数小学都在深山沟里，总得有人去吧？"

我说："难处个屁！你年纪都这么大了，又有病，无论如何，你要想办法调出去！"

"王组长不一定同意。再说，过两年该退休了，调不调无所谓了。"

"你呀你呀！"

我们吃着喝着聊着。到了深夜，外面刮起了风，接着又下大雨。大雨一阵紧似一阵。没多久，满屋子都是雨雾。油灯无法点亮了，手电筒照射到的墙壁，我看见雨水正一柱一柱地把墙泥刷下来。棉被、蚊帐湿透了，墙上地下湿透了，人湿透了，我们的校舍如一叶扁舟在风雨中飘摇不定。

"这雨下得真狠！"我哆嗦着滴水的身子骂道，"待不下去了，躲进山洞去吧？"

光老师说："对，躲吧。"

我们缩着身子穿进雨中，刚钻进山洞，光老师突然大声叫道："快——把课桌条凳搬出来！"

我说："墙快塌了，太危险！"

"没那么快！"光老师说着便冲进了教室。我只好紧跟其后。

课桌条凳一张张被搬到操场上。我们朝着最后一张课桌冲进去时，房顶在吱吱作响，一根梁柱折了下来，差点砸中我的脑袋，我丢下课桌没命地往外逃。

我在操场用手电筒往回照时，光老师正扛着课桌一瘸一拐地从教室里走出来。

我大声叫道："快，快点呀！"光老师没法快，光老师连人带桌摔倒在门前。这时，轰隆一声巨响，整排校舍如山倒般垮塌了，烟尘与水雾一片混沌。手电筒的光柱里照不见光老师了。

"光老师——"我撕心裂肺地呼喊着。我拼命冲过去，却被一块墙泥击中脑门，我晕倒了。

我睁开眼睛时，大雨已歇。光老师僵硬地平躺在操场上，浑身沾满了黄泥。辉老师和一群学生围着他无限悲痛地抽噎着。

第二天，王组长、乡长和正在乡里检查工作的县长赶到了古山小学。

县长听了我声泪俱下的诉说后，声音嘶哑地问："这种危房怎么不早些向县里汇报？"我刚要开口，王组长却口涌白沫辛酸地哭道："我们正积极采取措施，没想到光老师……呜呜呜呜——"

王组长竟然哭了。

一星期后，王组长被撤职了，工资连降三级。

一个月后，我到县城参加高考，然后成为省城一名大学生。

六年后，我作为地直机关的一名干部，参加抢修中小学危房检查组，再次来到古山小学。老校舍坍塌的地方已建成一排白色的平顶房，那个不堪入目的茅厕也换成了石墙红瓦的大厕所，还分男女两处。

辉老师是古山小学校长，另外两个老师是新聘用的自费师范毕业生。

（原载于《三月三》1995年第6期）

荒　月

那年月，人们把找不到米下锅的月份称作"荒月"。我家的荒月一般出现在农历三四月份。那时，米仓里的黄玉米已清光了，而地里的玉米还泛着青，所以叫青黄不接。在这个青黄不接的时候，父母经常用木薯粉或猫豆粉来煮稀饭给我们喝，而且每餐只能喝一小碗。我整天都饿得浑身麻木颤抖，整天都想饭，连做梦都闻到饭香，偶尔能喝上一碗哪怕是稀得可以看见碗底的玉米粥，就高兴得跟过节似的。

因为营养不足，都读小学五年级了，我还是瘦黄瘦黄的，像根干枯的玉米秆，风一吹就倒。早上上学的时候，母亲怕我有闪失，就倚在门边，目送着我走过门前那条瘦瘦的山道。我歪歪斜斜地走了几步，又停了下来，小鸡般柔弱无助地蹲在路边歇着。"走快点，快点走，别误了上课哦！"母亲急切的声音从门边传了过来。我虚弱地说："走不动呀，妈，我饿极了。"母亲说："顶住呀，放学回来就有得吃了。"我又歪歪斜斜地往前走，走了又停，停了又走，好久才走到学校。

一天早晨，我还在昏睡的时候，母亲就拍着我的屁股说："起来起来，快点起来！"我浑浑噩噩说："天还没亮呢。"母亲凑到我耳边，细声地说："吃玉米棒。"一听见有玉米棒吃，我就热血沸腾，像一根弹簧从床上弹了起来。我揉着惺忪睡眼拐进了厨房，母亲已把一只小铁锅端到饭桌上，锅底卧着四根黄灿灿的玉米棒，香喷喷的玉米味袭进了我的鼻孔。我吸了吸鼻子，咽了口口水说："太香了！"母亲说："快点吃吧。"我说："哪儿弄的？"母亲说："快吃吧，别多嘴！"我飞快地啃起玉米棒。玉米尚未成熟，又嫩又甜，我吃得吧唧作响。母亲在边上笑眯眯地看着我说："慢点吃，别噎着！"我递了一棒玉米给母亲，说："妈，你也吃。"母亲摇摇头说："妈不饿，妈一点都不饿。你吃吧，吃快点！"我就自个儿吃。玉米粒儿很快便被啃光了，我伸出舌尖，舔净粘在唇沿上的玉米末。母亲说："上学去吧。记住，出去莫乱讲哦，对你爸也不能讲！""嗯！"我点点头，"知道了。"接下来的几天早上，我都能准时地吃上四根玉米棒。母亲从来都不吃，每次总站在边上，笑眯眯地看着我吃。那段时间，我觉得活得相当的饱满滋润，身上的力气满满当当的。

一天，在放学回家的路上，我看见母亲正在玉米地的边上割草，就想过去帮忙。我停住了脚步，想喊母亲一声，但我没敢喊出口，因为我看到一个吓人的场面：母亲四下瞅了瞅，然后突然伸出双手，颤颤地把玉米棒掰了下来，夹在草里捆着。我细细数过，是四根玉米棒。我吓得脖子发硬。我转动小脑袋四下瞅着，没见生产队的人。我的心咚咚地乱跳。好险呀！要是让人撞见，妈死定了！我不敢再看下去，就悄悄地溜回家了。

第二天早上，吃玉米的时候，我眼前总是晃动着母亲在山边掰玉米时那种慌里慌张的神情。我吃得很慢很慢，身子发颤，面部僵硬，四根玉米棒久久都吃不完。母亲说："来不及了，带在路上吃吧。"我把最后一根玉米棒塞进裤袋里，背着书包准备出门。母亲小声说："留心点，别让人看见！"我点了点头。走出门口时，一脚绊住了门槛，摔了一跤。那个玉米棒子从裤袋里飞了出来，让刚起床的父亲撞见了。父亲伸手把地上的玉米捡了起来，放在手里旋了几下，盯了又盯，然后放在嘴边闻了闻。父亲对我瞪大双眼，大声质问："哪来的？啊？怎么回事？"我望了母亲一眼，摇了摇头。父亲抢起巴掌又说："哪来的？"我双手反复捏搓着衣角，许久才细声说："妈给的。"父亲阴沉着脸，不说话了。

那天晚上，我刚入睡不久，就听见父亲在厨房里吼道："要了几次？"

"三四次吧。"母亲的声音像蚊子叫一样，很细。

"只三四次？啊？"父亲的声音更急速了。

"六七次吧？"母亲还是蚊子叫般的声音。

"到底几次？你到底要了几次？"父亲像逼犯人一样逼问母亲。

沉默了一两分钟，母亲才吞吞吐吐地说："十……十……十二次。"

"只十二次？"

"就十二次。"

沉默。

还是沉默。

"真没想到，你会去做这种事？这种事你也敢做？"

"孩子饿着可怜啊！"

"谁家孩子不饿？饿一会儿会死人吗？"

父亲停了一下，又吼道"都像你这样，叫我这个队长怎么当？"

沉默。

听到这儿，我的泪水就簌簌地流了下来，打湿了半个枕头。

从此，我只能天天饿着上学。

到了生产队分玉米的时候，父亲少要了一百斤。生产队的人都觉得奇怪，问他干吗？父亲不语。又问："干吗呢？好端端的少要那么多？"父亲不耐烦，大声吼道："问那么多干吗？"

（原载于2002年4月26日《广西日报》；《小小说选刊》2002年第13期）

村　校

家国走进村口的时候，看见一群人正在村子中间忙着搬石头修木条搅泥浆什么的，他们正在砌一个石头房，石头房就建在那个泥巴墙仓库的正对面，中间隔着一个三合土晒坪。仓库和晒坪原是生产队的，十五年前，家国花了一千二百元把它买为己有。盯着那个已建到半层的石头房，家国内心暖融融地想：筹备了十几年的村校终于搞起来了。走到晒坪旁边，家国问那些忙碌的人们："哎，起村校呀？"

那些人应答"嗯"。

家国兴奋得差点跳了起来，说："太好了！真是太好了！上面拨钱？"

"没有。上面只答应派老师。"

"那钱咋办？"

"凑呗，自个儿出力呗。"

"都凑上来了？"

"就差一户。"

"差谁呀？"

"你自个儿回家问吧。"

家国听出话里有话，就没再说什么。转身刚走了几步，那些人便叽叽喳喳议论他。

"真是越有钱就越抠门儿，还是个工头呢。"

"可不是嘛，还不如我们！"

"听说他在镇上起了一栋五层楼，要搬去住了。"

"这家伙！"

"这个暴发户！"

这些话就像一只只巨大的巴掌，轮流扇得家国的面颊火辣刺痛。家国低垂着头颅，蔫蔫地走回家。

晚上，家国躺在床上对妻子说："我们也该给村校捐点钱呀。"

"捐什么！就要搬去镇上了，孩子不用在村里上学了，还捐什么捐！"

"别人都捐了，不捐点儿说不过去的！"

"就你笨，要是他们也搬走，孩子也不在村里上学，他们捐吗？"

"这……"家国一时语塞。良久又说"要不把仓库卖给学校？"

"村人也这么劝我，才给两千块。可能吗？能卖吗？"

"两千块就两千块，当年买时也才一千二百块。"

"你蠢呀，你不会算呀？当年一斤肉不到两块，可现在一斤肉都六块多了，怎么能比？"

"怎么不能比？！"

"不跟你啰嗦，少于八千块死都不卖！"

两人沉默。没过多久，妻便呼呼睡去。

家国却怎么也睡不着，童年的时光如浓雾一样飘浮在眼前。那时，村里没有学校，他们每天要走到十里远的山外上学。早晨五点出发，晚上八点才回到家。一天来回要走二十里的山路，中午吃冷饭、冷红薯，天天如此。不说是小孩，就是大人都吃不消。后来，村里多半孩子读两三年就退了学，能像家国这样念到五年级的没有几个人。

家国想，要是那时村里也有学校，他肯定能读完小学，读完小学就能读中学、大学……家国还想，要不是妻的大哥帮忙，他这个小学没念完图纸都不会看的工头怎么能混到今天？他多么羡慕那些学建筑的大学生，一栋大楼的图纸，几天时间就在电脑上画出来了，他连看都看不懂。现在好了，村里很快就有学校了，村里的娃不用出村就可以上学了。想到这儿，家国内心就滚烫起来，全身上下有一种飘浮的感觉，不知不觉就到了天亮，一股极浓的睡意袭了上来，家国合上双眼想睡一会儿，突然想起今天要把家里的大件东西搬到镇上，就赶紧起床去村里请人。

家国要请八个大力士，跑了大半个上午一个人也请不到，请到谁谁都说，没空呀，忙着建村校呢。

家国垂头丧气地在村里走着，心里郁闷。后来遇上村民组长柳叔。

柳叔问他："听说你要搬家？"

家国点点头。

柳叔说："日子选好啦?"

家国说："选好了，就是今天。"

柳叔说："那就搬了呗。"

家国摇摇头说："找不到人帮忙呀，都忙村校的事呢。"

柳叔说："乡里乡亲的，哪能这样? 村校的事也不是少了今天就做不成了呀。说吧，请几个?"

家国说："八个，力气大的。"

柳叔说："你回家张罗吧，我去喊人。"

没过一阵子，柳叔就叫来了八个能扛山的大汉。很快，由柳叔使唤，家国的那些柜子桌子什么的，扛的扛，抬的抬，轰轰烈烈地上路了。

那天晚上，在家国那个五层楼的家里，劳累了一天的汉子们吃喝得面红耳赤，都说："家国你搬到镇上太好了，以后上街讨口水喝就方便多了。"

"家国你命真好，有这么大的房子!"

"家国你真有出息!"

"家国你怎么弄来这么多的钱?"

"家国你这么富，捐点钱也不伤你一根汗毛呀!"

"是呀，是呀，没米下锅的人家都出力了，你却一毛不拔?"

…………

家国听得浑身发麻，开口刚想说话就被柳叔打断。

"吵吵什么，建村校是我们的事，家国都搬到镇上，孩子都不在村里上学了，还捐啥? 啊? 不说了不说了，今天搬家是家国的喜事，喝酒喝酒！"柳叔举杯便干。于是一桌人都使劲地干杯，喝得天昏地暗。

第二天，柳叔他们要回村时，家国把柳叔拉到没人看见的拐角处，把一包东西递给柳叔说："我的一点心意，八千块，跟我妻子买那间仓库做个教室。"

接过那包钱，柳叔激动地说"太好了，真是太好了，我替全村的孩子给你磕头了。"说着就向家国磕了一个头。家国连忙把柳叔扶了起来，说"这事呀，千万别让我妻子知道！"

柳叔迷惑地盯着他好长一阵子，然后无奈地叹道："你呀，你呀——"

（原载于2000年2月22日《广西日报》）

儿子的目标

儿子一放晚学回家便兴致勃勃地问父亲："爸，你知道我这个学期的奋斗目标是什么吗？"父亲眯着眼睛反问他："小小年纪的，你也有奋斗目标？啊？是什么呀？"儿子说"期考双科95分以上。"父亲说："你有这个能耐？"儿子说："你等着瞧吧！"说完便背着书包进房间看书写作业了。父亲呵呵呵笑道："太阳真真从西边出来了！"

儿子读五年级，很聪明，但却讨厌学习，准确地说就是讨厌写作业。每天放晚学后，儿子要做练习、做竞赛题，写作文、写日记，做手抄报；临近考试时，儿子还要做模拟题，背生字、背范文。儿子所有不上学的时间几乎都用来写作业，有时还写不完呢。有一次，儿子咬牙切齿地对父亲说："长大后我一定要去读师范学校。"父亲笑着说："当老师好呀，工作安定，还能有好多的学生挂念呢。"儿子嘟着嘴巴道："我才不是这么想的呢。"父亲说："你到底想什么？"儿子说："我毕业回来专门教老师们的孙子孙女，我要布置好多好多的作业，让他们不睡觉都写不完！"父亲顿时目瞪口呆。

以前，儿子一放晚学回来便打开电视机，看完了动画片看广告，然后还要陪父母看电视剧。被父母逼急了，他才不情愿地进房间做功课，不到十分钟他又溜出来了。再喊他，他又很不情愿地进去一下子。为了激发他学习，父亲提出了一个奖励办法：段考和期考双科90分以上的，奖一百元；95分以上奖两百元。但一点都不起作用。儿子认真想过，他一旦有充足的理由用钱，父母一般都会满足，奖励的那些钱形同虚设，他又怎么会在乎呢？儿子的成绩总是在80分左右徘徊，偶尔考上90分他就自鸣得意地说：一般一般，世界第三！现在，儿子突然提出那个遥不可及的目标，父亲觉得可笑，儿子肯定是头脑发热。但父亲很激动，有了目标毕竟是好事。

晚上，儿子为95分忙得不可开交。他得完成以下功课：

数学：做三套模拟题；

语文：抄写三份试卷（以前写过的）；

背诵三篇范文（在作文选里）；

听写一个单元生字；

…………

儿子的书桌上横七竖八地摆满试卷、课本和作文选。以前，一面对这些东西，儿子就头疼，满腹牢骚，然后跑出去玩。父母心疼儿子，总是睁一只眼闭一只眼。老师还规定，学生在家所做的功课，家长一定要签名，不签名的不算完成，要重做。儿子经常做不完功课，第二天早上要上学的时候，儿子就叫父亲签名。父亲说："你没做完我签什么名。"儿子说："你不签名，我就进不了教室，就不能上课，就……呜呜呜——"儿子哭丧着脸，一副无辜的样子。他一哭出声，父亲的心就软了，说："别哭了别哭了，拿本子过来！"儿子递本子给父亲时甜甜地说："谢谢老爸！"父亲签完名后递本子给儿子说："下不为例哦！"儿子说："一定一定！"但下一次父亲照样心软。

这天晚上，儿子吃完饭后一直做作业到十一点都还做不完，弄得一脸一身的汗。看着儿子疲倦不堪的样子，父亲心疼地说："算了吧算了吧，我直接给你签名就是了。"儿子摇摇头。儿子说："你不能再拉我下水了哦！"父亲笑着说："有长进啊，我儿子什么时候变得如此有骨气？"儿子不出声，埋头做他的功课，到十二点半才做完，一躺下就呼呼地睡着了。第二天一大早，父亲刚醒来，看见儿子已在灯下背诵范文了。父亲摇摇头说："这么拼命，95分有那么重要？"儿子说："你不懂，长痛不如短痛啊！"父亲说："莫名其妙！"

儿子连续奋战了半个月，人都瘦了，终于迎来了期考。考完试后，父亲问儿子，考得怎样？儿子十分轻松地说，可以可以，世界第一！父亲说，吹牛！儿子说："我有资本吹牛！"父亲说："好啊，我准备好礼物等你。"

放假那天，儿子一进门便愁眉不展。父亲说："哪科没到95分？"儿子从书包里拉出一堆奖状和成绩单出来，父亲一看便满脸堆笑。语文数学双科98分，还得了三好学生、双科优秀、学习进步等好几个奖。父亲拍了拍儿子的肩膀，连声说道："了不得啊儿子，有出息了！"

儿子却气鼓鼓地说："老师讲话不算数！老师是骗子！我永远都不会相信老师了！"父亲愣了一下问："什么意思？"儿子从书包里扯出了一沓厚厚的暑假期作业，说："老师当着全班同学的面说过，谁双科考得95分以上就不用写假期作业了！谁知道是骗人的，我上当了。"儿子团坐在地板上，蔫蔫地说："半个月的辛苦白搭了，美丽的暑假完蛋了！"

父亲张开嘴巴，半天说不出话来。

第二天，父亲做了个折中的补救。父亲对儿子说"写完暑假作业，八月份集中休假时我就带你出去五天，玩什么、去哪儿玩，你说了算。"儿子说："去年、前年你也这样说的，临走的那天单位有急事叫你，你就去不成了。你比老师还不讲诚信，我凭啥信你？"父亲说："我对天发誓！"儿子说："我不要你发誓，你是我爸，发了誓你有个三长两短我怎么办？"父亲笑道："我怎么做你才相信？"儿子说："答应我两个条件。"父亲说："好！先说第一个。"儿子说："押点钱给我，到时真能出去玩了我还给你，否则没收，这钱就永远放在我这里了。"父亲跟儿子击掌说："成交！"父亲问："第二个呢？"儿子说："我要玩十天。"父亲说："不行，我总共只有十天的假，还有其他要忙，只能玩六天。"儿子说："九天。"父亲说："七天。"儿子说："八天，打住，再少就拉倒吧！"父亲摇头叹道："人小鬼大啊，你还挺会谈判的嘛。"

儿子得理不饶人。他笑道："嗯，对付你们这些讲话不算数的大人，就得放狠招！"

（原载于2005年7月27日《法治快报》）

树倒下之后

十岁那年，我干了一件差点毁了我一生的事情。

那是一个冬日冰冷的傍晚，寒风挥动着长鞭，凶残猛烈地抽打着干枯的山野。因为放学很晚，我走出校门时，天色已经昏暗，上山砍柴已不可能了，我急得想哭。按照我父亲的规定，每天放晚学，我至少要扛回一捆重量与我体重相当的柴火。因此，每天上学，我都随身背带着一把柴刀，一放晚学就直奔山上砍柴，天黑了才回家，从没有一天耽搁过，没想到今天会是这样。我在山脚下慌乱地来回转圈。突然，我发现了一棵倒在路边的苦楝树，树比我的腿杆子稍粗，有三米多高。树像是被风吹倒的，根都被拔了出来。我就像跌进水里突然抓住了一根救命稻草一样激动地喊了起来："有柴火了！有柴火了！"我挥动柴刀，飞快地把树根和树枝修掉。正当我准备把树扛上肩膀的时候，生产队的木会计出现了。这个贼眉鼠眼的小老头好像藏在附近某个地方，等我把树弄好了他就及时而又突然地站在我的面前，脸上洋溢着皮笑肉不笑的笑容。木会计鼠眼狰狞地瞪着我，大声吼道："你怎么砍了生产队的树啊！"听见他的话，我慌得六神无主，浑身发抖。

我什么时候见到木会计都浑身发抖。每次和他碰面，他都狰狞地瞪着我，甚至莫名其妙地吼我、骂我，好像我欠了他的钱没还一样。农忙时节，我在生产队跟大人们薅草、种水稻之类的，木会计总是找借口责骂我："做得这么慢、挑得这么轻，白给你工分啊？"其实，我每天只拿两个工分，与大人每天八个工分比较起来，我做得够快了，挑得够重了。木会计莫名其妙的责骂让我感到十分害怕，但我从来都是敢怒不敢言，就像木会计在我父亲面前一样。

我父亲是生产队队长，每次生产队分配玉米或者红薯之类的，我都听见父亲这样教训木会计："你没长头脑？这么简单的账都做不对？"于是木会计又手忙脚乱地在账本上东删西改。木会计经常做糊涂账，比如，他家分得一百斤玉米，他只登记为八十斤甚至是七十斤。父亲问他干吗这样？他说天太暗了，眼睛又小，看不清楚呀。父亲说，看别人的清楚，看自己的怎么就不清楚？木会计不敢吭声，赶紧用笔改了过来。那时候我感到特别的痛快，就像现在木会计抓住我后脸上洋溢的那种痛快的心情一样。

木会计弓着腰，伸出双手掂量那树，然后放下，鼠眼再次狰狞地瞪着我说："多好的树呀，过两年就可以做屋梁了。谁叫你砍的？"我说："我没砍，是树自己倒下的。"木会计说："笑话，好端端的树怎么会自己倒下？"我说："树真的是自己倒下的。"木会计说："骗人，小孩子学会骗人了？！你知道砍树犯法吗？"我摇摇头。木会计说："你犯法啦，叫公安把你抓起来。"说着，木会计就把双手反背在后背，屁颠屁颠地往村外走了。我想，公安来了肯定要捆绑我，我死定了！我完蛋了！我浑身发颤地跑回家。

我抽泣着把事情对父亲说了一遍。父亲很镇定地说："怕他干什么，走，把树扛回家！"于是，我和父亲就把那棵树扛了回来，连树根树枝也一起扛了回来，堆放在我家的屋檐下，父亲用四捆柴火把它们压住。

那晚，公安没来，木会计带了生产队的好几个人来到我家，把那棵树扛到生产队的仓库里。我和我父亲也跟着去。木会计当着众人的面再次逼问我："干吗砍树？"我说："我没砍树，是它自己倒下的！"木会计说："好好的树怎么会自己倒下？说，谁叫你砍的？"我说："谁也没叫，是树自己倒下的，风吹的。"木会计说："砍了生产队的树还扛回家藏起来。你不说是吧？明天跟你老师说去！"我想，这事要是拱到老师那里，我就别想再上学了，我这辈子也就完蛋了。想到这儿我就全身发软。

这时，我父亲大声说："是我叫他砍的！"

"队长，这可是你自己说的啊！"木会计第一次挺直腰杆站在我父亲面前，用经常瞪我的那双狰狞的鼠眼瞪着我父亲说，声音第一次这么大。

"是我叫他砍的，你想怎么着？啊？"我父亲的音量比他还大还坚硬。

木会计说："好的，有你这句话，够了！"

后来，木会计没有把我砍树的事告诉老师，我也照样上学。但木会计却取代了我父亲的位子，当了生产队队长，而且当了好几年。

（原载于2001年6月1日《河池日报》）

童 心

出差路过家乡，我顺便回家探望父母。

在乡街下了车，我连续翻过两个山坳，挥汗如雨地赶到村部。村部前面只有一摊猪肉档，屠夫家谋正孤零零地守着。我认识家谋，但家谋不认识我。家谋身旁一个十岁左右的小男孩正在不停地咳嗽，脸色青紫，瘦骨嶙峋。小男孩手里拿着一根竹篾，吃力地驱逐着飞在猪肉上面的几只苍蝇。家谋还像从前一样，在肉摊上摆开许多块切好了的猪颈肉、猪头肉之类的杂肉，每块杂肉有三五两，山里人历来视之为劣质货，谁都不愿买，而屠夫家谋总会有办法让你买到。他首先按你的要求割下一块肉后，快速往杂肉上一扔，再用秤钩迅速一钩，此时，一不留神，一块甚至两块杂肉神不知鬼不觉地被包在里面了，回到家你才发现吃亏上当。不过，我现在不在乎这些杂肉了，这些杂肉在城里可是抢手货，人们巴不得要买呢。可我在乎是不是母猪肉，我好不容易回家一次，绝不能买母猪肉去孝敬父母。

我问那小男孩："小朋友，这是不是母猪肉呀？"小男孩疑惑地望着我，嗫嚅着，却被屠夫家谋震住了。"小孩子家家别多嘴！"男孩就不敢吱声了。我只好调动大脑中关于母猪肉的认知判断。据老人说，老母猪皮特别厚，瘦肉颜色发紫，肉质粗糙，瘦肉与肥肉之间呈分离状。这只是针对老母猪而言，不老的母猪未必都如此，这是判断的难度所在。我低下头，瞪大眼睛查看，皮很厚，其他均无异常，光从皮的厚薄来判断是片面的。到底是不是母猪肉？如果不是我就坚决买，如果是我就坚决不买！怎么办？

小男孩不停地咳嗽、擤鼻涕，看着都让人难受。我突然来了灵感。我对家谋说："我小孩也和你小孩一样，瘦瘦干干的，患了肺炎就不停地咳，如果再吃母猪肉就会病情加重甚至断送性命，你懂吗？"事实上，我小孩才一岁，也没有肺炎，身体健康着呢。家谋指天发誓："我家谋要是卖母猪肉给你，就会断子绝孙不得好死！"这誓言也太恶毒了，谁也不敢乱发如此恶毒的誓言，我相信他的话。我说割三斤吧。家谋挥起屠刀割出一块大肉故意扔到一块猪颈肉上面，拿着秤钩去钩肉的时候，小男孩突然双眼迷惑地巴望着我说："你小孩他真的也和我一样咳吗？"我说："是真的，咳得比你还要严重还要难受，有时咳得都要昏死过去呢。"小男孩又问："你小孩吃了母猪肉真的会死人吗？"我说："真的呀（事实也不是这样）。"我说："即便不死，咳嗽也会加重好多好多呢。"小男孩还想说下去，却被屠夫家谋给震住了："乱说什么?"小男孩身子缩成一团,瑟瑟地发抖。我断定,这必是母猪肉无疑!我说不买了!说完我转身就走。才走了几步,身后便响起了骂声。"都是你!都是你!"屠夫家谋浑厚的骂声震动山谷,小男孩夹杂着咳嗽的哭泣声撕心裂肺。我真想转身回去,买几斤母猪肉以减轻小男孩的罪责,但是我没有。

回到城里很长一段时间,我眼前时常飘动着那个因我挨打受骂的瘦小男孩的身影,他的哭声、他那纯洁的双眸永远使我心神不宁。

(原创稿,2023年3月21日修改完稿)

育　苗

现在回想起来，我依然感到面颊滚烫耳根发热。念小学五年级的时候，我竟然做了一次小偷。确切地说，是偷了一本叫《育苗》的小学生优秀作文选。

那时，江老师是我们的班主任，教语文。江老师特别注重作文教学，他经常不厌其烦地教导我们，认真写好作文就是认真地做好人，作文和做人的道理是一码事。所以他要求我们每周必须完成一篇作文，而且要写自己所见所闻所思，要有文采有思想。这使我这个连造句都不够通顺的小学生伤透了脑筋，我每周都被一篇蹩脚的作文折磨得头昏脑胀、筋疲力尽。我多么渴望能在什么书里抄几篇来交差了事。然而，那时要找到可以抄的书比登天还难。那时可不像现在，小学生的书包里塞有好多本优秀学生作文选，还有种类繁多的课外读物。那时我们除了拥有两本省编教材之外，再没有其他文字可看了。我当时渴望得到一本作文选之类的课外读物，就像渴望吃上一顿猪肉一样。

天赐良机，我终于盼来了机会。那天，我走进江老师的房间喝水，偶然间我瞥见他办公桌上躺着一本陈旧发黄的《育苗》，好奇心唆使我大胆伸手将它翻看，里面的内容很快像磁铁一般吸引着我，让我激动不已。那是一本小学生优秀作文选，里面有《我的老师》《难忘一件事》《记一位雷锋式的好同学》《一个为革命勤奋学习的同学》等文章，老师常让我们写这类作文，一共三十篇。我正看得入迷，江老师的脚步声已逼近门口，我只好把书合上仓促逃离。之后好长一段时间，我的心一直对那本书挂念着、被牵挂着。我每天至少要走近江老师房间的窗口望那本书一次，每望一次都加剧我想得到它的欲望，我决定把它搞到手。我决定把它搞到手的最主要原因就是想通过模仿，迅速完成江老师每周布置的那篇作文，以减轻绞尽脑汁编造句子带来的痛苦。于是，我开始寻找机会，将我的计划付诸实施。

那天，趁着江老师去上厕所，我偷偷地溜进他的房间，双手颤巍巍地把那本书卷成一小筒，翻起衣角，把它插进裤腰里，按紧，放下衣角将书掩住，然后迅速逃离现场。作案全过程神不知鬼不觉，天衣无缝。直到现在，我都还感到十分纳闷：平时对别人的东西从不敢多望第二眼的我，当时哪来的那么大的勇气把那本书拿到手。想想都觉得神奇！

刚把书拿到手那两天，我又激动又紧张，我一直在想：万一被老师发现了呢，我该怎么办？我终日惶恐不安，吃不好饭睡不好觉。第三天，江老师在课堂上说："有位同学借了我那本《育苗》，看完后请还给我。"全班同学都面面相觑，因为他们根本不知道《育苗》为何物，但我知道。江老师说"借"，这使我心跳急剧加快，我仿佛觉得，江老师的目光如两柄利剑射向我。我浑身打战，内心如坐针毡般刺痛难受。

晚上，我坐在昏黄的煤油灯下，把《育苗》里的文章，一篇一篇密密麻麻地抄写在方格作业簿里。经过十个不眠之夜，我终于把那三十篇作文抄完了。我松了一口气，如刚刚捡到宝一样心满意足。我想，以后再不必为作文犯愁了，真是太好了，感觉太妙了！抄完之后，我决定找准时机，神不知鬼不觉地把那本《育苗》悄悄地放回原处。然而，五岁的小弟却趁我不在的时候，把那本书一页一页撕下来玩。当时，我气得喘不过气来，自个儿号啕痛哭了好久。我不知道如何面对江老师，一见到他我就羞愧地垂下头，恨不得有一处地缝钻进去。江老师却一直都不提那本书，估计他也不知道是谁干的，我也就渐渐地好受了一些。

我很快把那三十篇作文背了下来，我开始模仿《育苗》中的文章以完成老师布置的作文，为了不露马脚，我尽量加进自己的例子和感受，我被迫学会记事、写人、状物。从此，我的作文不断地被江老师当作范文朗读给全班同学听，我还得了两次全县小学生作文竞赛一等奖。然而这些，都无法使我飘然起来。就算以后上了大学，有不少"豆腐块"见诸报端，我亦感到心情沉重，怎么也神气不起来。我始终把拿走江老师那本书视为一生中最不可饶恕的罪过，我永远愧对我的老师。我的内心一直都在为这件事忏悔。

有一年春节，当我用忏悔的语调，向鬓发斑白的江老师坦白这件不光彩的事情时，江老师不是吃惊而是十分地自豪。江老师说："其实呀，那时从你的作文里，我早就知道这事是你这个小家伙儿干的。"我说："你当时为什么不找我算账？"江老师说："如果没有那本书，如果当时我毫不留情地揭穿你、批评你，你能有今天？"江老师说完后朗声大笑。

我压抑了二十几年的心情顷刻间一片释然。

（原创稿，2023年2月23日修改定稿）

苦 工

1997年，王家谋高考落榜后，发誓不再补习了。他想，现在大学生找工作这么难，即使考上大学，将来也不一定能找到工作。而村里的王龙、王守财、王国观那几个斗大的字没识几个，却能到城里来发财，还盖起了楼房、买了小车。所以，王家谋决定到城里打工。

王家谋知道，王龙是建房子的，王国观是办酒家的，王守财是掏水沟之类的。王家谋进城后到处找王守财他们几个，找了两天才见到王守财。那时已是晚上八点，他在马路上看见王守财扛着一把铁锤匆匆地走着，浑身上下沾满黄泥巴。跟在王守财身后的还有八个大汉，王家谋认得有四个是村里的，还有四个他不认得。王家谋走过去说："守财哥，我想跟你打工。"王守财说："我们都是做苦工的，又累又脏的，你这个学生哥干得了？"王家谋说："我干得。我什么苦呀都能吃的。"王守财说："那你就跟我去吧。"王家谋就跟了他们回去。大约走了一个小时，王家谋跟他们走进了郊外一间低矮潮湿的民房里，王守财的老婆已摆上一桌热气腾腾的酒菜，有两大碗肥肉和三盆青菜。他们一进门就直接坐在桌边喝酒。酒很辣，王家谋只喝了两口就吐得肠子都要翻出来。那几个人仍像喝水一样，一碗接一碗地把酒倒进肚里，然后就呼噜呼噜地睡在地铺上。王家谋睡不着，从那几个人嘴里散发出来的臭味儿一浪接一浪地向他袭来，他只想呕吐。那些饥饿的蚊子成群结队地叮得他又痒又痛，让他无法入眠，一整夜都浑浑噩噩的。

第二天一早，王家谋就扛着一把铁铲跟他们出去。走了半个小时，他们来到一条飞满苍蝇蚊子的臭水沟边，王守财第一个挽起裤脚，踩进臭水沟里，开始用手把沟里的编织袋、塑料袋、鸡毛、鸭毛之类东西掏了出来，接着那几个人也争先恐后地跟着下去。于是，沟里那些脏兮兮臭不可闻的杂物，一堆一堆地被他们弄了上来。王家谋一直站在沟边，捂着鼻子，迟迟不敢下去。王守财大声地叫道："王家谋，你到底干不干啊？要是干不了你赶快走！"于是王家谋就奋不顾身地跳进臭水沟里。王家谋铲上来的第一堆东西里就有一只烂了一大半的死老鼠，他当场呕吐。吐了又接着干，干了又吐，连续吐了三次之后，肚子里就空空荡荡了，人就瘫软了下来。那天，他们除了吃几个馒头做午饭外，一直在那条臭水沟里奋战到黄昏，才把沟里的杂物掏干净。王家谋也差点昏了过去。

晚上，王守财他们津津有味地吃饭、喝酒。王家谋却滴水不进，一直昏睡到天亮才清醒过来。吃过早饭后，他们又去拆一栋民房，是一栋土坯墙瓦顶的房子。王守财和那几个大汉像猴子一样迅捷攀上房顶，把瓦片、木梁之类的东西一样样地拆下来。王家谋颤颤巍巍地爬到房顶，往下一望，双腿立刻发软，心里涌上一种要跌下深渊的感觉，眼睛昏花起来。王家谋大叫了一声："完了！我要跌下去了！"王守财就跑过来把他扶下去。王家谋上不了房顶，就只好在地上给他们递工具，整理他们拆下来的东西。看着他们飞快流畅的动作，王家谋心里骂了一句："我真是怂包！"拆这栋房，他们整整花了两天时间。王家谋虽然没上房顶，却也累得腰杆都挺不直了，而王守财他们几个人却照吃照喝照睡，好像不当成一回事。

后来，他们又去拆了一栋五层高的旧房。王守财他们挥汗如雨，在楼房上面抢着八斤重的铁锤，把墙面、地板一点一点敲掉。每天摸黑出去又摸黑回来，他们整整干了十天。这十天，王家谋只在楼下望风，不让行人靠近。王家谋想，要是他也像王守财他们那样，风风火火地干个不停，他肯定累死了。王守财他们像是一部性能良好的机器一样，整天不停地干活儿也累不倒，一样能吃能喝能睡，王家谋佩服得五体投地。他想，王守财这么辛苦，赚钱真是不容易，有点钱也很应该的。王家谋又想，那几个跟他干的兄弟也应该得不少钱。有天晚上，王家谋问他们月工钱是多少？他们说两百块。王家谋说才两百块？他们说就两百块。王家谋说："这么苦的活儿，两百块你们也干？"他们说怎么不干呀？得两百块就很不错了，在家一分都没有。在这里，有肉吃又有酒喝，还得两百块，谁不干呢？王家谋问，一个月得两百块，一年能得多少？他们呆呆的，一个望一个，最后都说，不知道。

王家谋在心里骂了一句！那天，当王守财把两百块的月工钱分给他们时，那几个人笑得嘴巴都歪了，王家谋却一句话都没说。王家谋想，这个月，他们掏了两条臭水沟，拆了三栋房子，挖了五天土方，他曾私下打听过，总收入就有一万五千块。王家谋认为，这个月，自己没做多少活儿，两百块钱也还说得过去，但那几个人可是玩命呀！王守财真狠！那天，他跟王守财说："守财哥，我算过，这个月总收入就有一万多，但你只给我们每人两百块。"王守财说："是有一万多块，但是每日吃的喝的住的要不要钱？去找工程要不要钱？你呀，活儿也做不了多少，就别瞎掺和了。"王家谋不作声。过后他想："吃那种边角零星的肥肉，一斤才两三块钱，酒也是那种掺水的高度酒，能花多少钱？再说，找这种脏活儿苦活儿根本就不用花钱，王守财你蒙得了他们蒙不了我。"王家谋把这些情况跟那几个人说后，他们都说："你说的我们都不信，我们只听守财哥的，我们都跟他干好几年，错不了的。"王家谋摇摇头。

没过多久，王守财对王家谋说："我们都是做苦活儿，你吃不消的，不如另谋个轻便的活儿吧。"王家谋知道这是在下逐客令，他对王守财说："他们太辛苦了，你不能太亏待他们！"说完就收拾行囊离开了。

王家谋回到中学里继续补习。

1998年，王家谋考上省城大学，就读工业与民用建筑专业。

（原创稿，2023年2月20日修改定稿）

谁的责任

中午下班刚进门，水妹就看见门边地板上躺着这样一张字条：你们不同意我离开尖子班，我就不读书了！没有落款，但水妹知道是儿子写的。水妹一时乱了阵脚，打电话到班主任家，班主任说儿子早上就没去学校，他正想问她呢。

儿子去了哪儿呢？儿子到底想干吗？水妹在心里不停盘问自己。前两天，住校的儿子突然跑回家，说他不想在尖子班了。水妹说："你没搞错吧，人家削尖脑袋想进尖子班都进不了呢。"儿子说："老师讲课我越来越听不懂。我烦！我烦死了！"水妹说："别人为什么听懂？啊？"儿子说人家基础好。水妹说："人家为什么基础好？"儿子说："人家的事我怎么知道。"水妹说："再过两个月就要中考了，说什么你都要给我坚持下来，就两个月，好不好?"儿子说:"在尖子班我会疯掉的。"水妹说:"别胡思乱想了,回去好好念书。"儿子气鼓鼓地回去。昨晚儿子又回来和她闹,说什么也不在尖子班了。水妹就发火了,骂道:"你以为你是谁?都要中考了,普通班的班主任会要你吗?"儿子不作声。水妹以为儿子被说服了,没想到今天——水妹在心里气呼呼地说:有本事你走啊?看你能走多远?

水妹煮了一碗清水面,才吃了几口,突然想起儿子身上一分钱都没有。儿子吃什么?他怎么生活?想着想着水妹就流眼泪,她吃不下去了。水妹骑着单车到处去找,网吧、游乐场、溜冰场,儿子可能去的地方都找遍了,都没有儿子的身影。很快就到了上班时间,水妹只好去上班。整个下午,水妹脑子乱成一锅粥,总担心儿子出事,什么事都做不成,还弄错了两个简单的报表。晚上下班,水妹躺在沙发上想着儿子的事,烦得想哭。

水妹给男人打电话,男人正在外地谈生意,男人是公司的负责人,一直很忙。水妹问男人怎么办?男人说随他去吧,有本事他就永远不要进这个家门!水妹没说什么就放下电话。水妹心里很急,在客厅里走来走去。这时电话铃响了,水妹一接就知道是儿子的同学打来的。同学说:"你儿子还在城里,他说不同意他离开尖子班他就不回家,也不去学校。"水妹吼道:"随他的便!"对方挂电话了。过了一个钟头,儿子的同学又打电话来问她同意了没有?水妹说:"不同意!"说这话后,水妹有些后悔。儿子从来就没有在外面生活过,水妹很心疼儿子。水妹开始动摇了,等儿子的同学第三次来电话时,她就妥协了。第二天,水妹去了儿子的学校,儿子就回到普通班了。

过了一个星期，儿子突然回家吃晚饭，水妹以为儿子在学校伙食太差，想回来加点菜，就买了一只土鸡。谁知道吃完饭儿子便说："我不住校了，我要回家住。"水妹说："不行，绝对不行，回家住影响学习的。"儿子说："住校太艰苦了，我受不了。"水妹说，都住了两年了，怎么两个月就住不下去？儿子说，就是住不下，给不给回家住？水妹说不给。儿子说真不给？水妹说："就不给，你可别得寸进尺！"儿子噔噔噔地又走出了家门。简直是叛逆期的孩子！水妹赶紧追出门，小跑着追儿子，儿子人高马大的，水妹又穿着高跟鞋，怎么能追得上？儿子好像是故意的，一会儿放慢脚步，等水妹差不多靠近他又跑开了。水妹在后面大声叫着"你给我站住！"儿子不理她，脚步更快了。水妹急忙中扭伤了脚脖子，摔倒在地上，疼得大喊。儿子听见水妹的喊声非但不停下来，还跑得更快了，一下子就没了踪影，水妹只好一瘸一拐地走回家。

水妹打电话给仍在外地出差的男人。男人说："都是你惯的，要不他也不会这样！"男人还说："教育儿子是你的责任，我只管赚钱！"水妹气极了，说："只是我的责任？难道他不是你儿子?!"想到男人这么没良心，水妹伤心极了。男人一直忙于做生意，家里什么事都不管。怀着儿子的时候，水妹正在读函授，还要上班，整天累得腿脚都肿了。生了儿子以后，儿子也一直由水妹管着。水妹虽然很尽心，但儿子却没管好，儿子初二时被留了级。儿子怕在原校留级面子不好看，就要求转学。水妹到处联系，跑得腿都断了，最后才找到现在儿子就读的学校。谁知道儿子还是不争气，太伤她的心了。水妹的眼泪成串成串地往下掉，她哭了一整夜，哭得眼睛都肿了。

第二天一大早，儿子就回来了。水妹问他昨夜上哪儿去了？儿子说去同学家。水妹说："你还要不要我这个妈？"儿子说要呀。水妹说："你到底想做哪样？"儿子说："我不想读书，读书我烦，我烦死了。"水妹说："那你到底想怎么样吧！"水妹气得胸口起起伏伏的。水妹说："你怎么就不学学对面家的章余？"儿子说："我干吗要学他？"水妹说他学习好。儿子说学习好又怎么样？水妹说学习好就有本事。儿子说："我爸连初中都没念完还不照样当经理？还大把大把地赚钱呢。"水妹说："那是以前，现在和以后没有文化你去扫大街都没人要。"儿子说："我不信，章余的父亲大学毕业还不是来给我爸打工。"水妹摇摇头说不可救药！

儿子坚持要回家住。水妹想，离中考很近了，老跟他这样耗下去也不是个办法，所以就同意他回家住。

儿子的中考成绩不理想，但水妹坚持要送他去读示范高中。水妹跑了好多次，学校都说，分数太低了无法录取。水妹又累又烦，连饭都吃不下，水妹病倒了。水妹躺在床上对儿子说："妈要死了，妈是让你气死的！"儿子说："妈，你不能死，我不让你死！"水妹噙着泪花，把她辛辛苦苦带大儿子的事倾诉出来，儿子哭了。

儿子做饭给水妹吃，陪水妹去医院看医生。水妹好激动。水妹说："妈已经尽力了，你还是进不了示范高中。"儿子说："多送点钱不行吗？我爸有的是钱。"水妹说："你以为是商店里的东西，有钱什么都可以买到？"

儿子流着眼泪说："妈，我对不住你！其实，在哪儿读都一样的，主要靠自己。妈，无论在哪所高中，我都会好好读书，我一定不会让你失望!"

　　水妹微笑着，用手轻轻地刮了一下儿子的鼻子说："你呀你呀——"
水妹的病就好了。

　　　　　　　　　　　　　　　（原载于2003年9月4日《河池日报》）

田　坎

　　阿旺家与阿兴家紧挨着，两家就隔着一堵墙。做邻居的年月已经久远了，就像那条长着青苔的古老而又宁静的村道。

　　两家的主要劳动力都是夫妻两人。阿旺上有妈下有一女一男两个孩子，阿兴上有爹下有一男一女两个孩子。村里人都说阿旺老实，积了阴德，才有那么称心如意的后代。村里人也都说，阿兴老实厚道，心儿宽，才有那么好的儿女。多嘴的媳妇们还嚼舌：两家的儿女最般配了，以后铁定能成为亲家。

　　阿旺听着高兴，阿兴也暗自得意。

　　分责任田的时候，两家的旱地粘着边，两家的水田也就隔着一道田坎。好像老天爷早就有意把这两家串到一起，雷打不离电劈不开。

然而，老天总有变样的时候。

阿旺的脸突然就变了样，整天阴沉沉的。不为别的琐事，就为一块田。旱地不用说，你阿兴多几分我阿旺不生怨气，可那水田多了那么半分，我阿旺是铁定不服气的。可阿旺没闹事。分责任田是队干们开会定下的。再说，水田不像旱地那么容易随便划块。他本来想忍住，不料那团火气堵在心里头消不去，轰隆隆又蹿上来。两家人都是吃稻米的，都张着五张嘴等吃，凭什么阿兴多得半分水田？

那夜，阿旺带着板锄悄悄来到田边。

他已经想了好几天了，决定把两家共用的田坎往他家这边削回几寸，多得几寸就多得半行米嘛。再说，那田坎还是蛮宽厚的，两人迎面走稍微侧着身也能通过。再说，削它几寸田坎也垮不了，而且也在情理之中。于是，就果断抢起了锄头。

第二天，阿兴发现田坎被削去几寸，心里像是被锄头挖了几下，好难受。阿旺良心走样了？他干吗要这么做？他干吗这么缺德？阿兴心里暗骂着。

这夜，阿兴也扛着锄头，悄悄来到田边。

阿旺你削多少寸，阿兴我也削多少寸，绝不让你多得一寸。我多得的那半分是队干们点头的，阿旺你有意见管什么用？

阿兴这般一想，也觉着理在自己这边。于是，他就果断地抢起锄头。

阿旺想多要些水田，有情有理。阿兴不想让共有的田坎削去几寸，也在情理之中。

经过几夜的暗争，田坎被削去不少，只能走一个人了，而且只能踏上一只脚板了。一条独木桥悬在两个人的心上，一人撑着一头。

为了这事，阿旺挨妈骂，说他少人情。

为了这事，阿兴挨爹训，说他缺良心。

阿兴的心一天比一天难安稳，想来想去还是觉得自己不公道：分得的水田比阿旺多了半分，人家削了几寸田坎自己就压不住火，伤了两家多年的和气，很不该的。地分了，人心能分吗？人情也是那么一道坎呀，心崩塌了，还有什么情分？

趁着天黑，阿兴补田坎去了。

借着暗淡的星辉，阿兴看见一个人佝偻着身子在田坎上挪动。是阿旺没错。难道这家伙还要削田坎吗？再削坎就垮了，种不了田了。阿兴火气又往上冲，刚想怒吼，突然想起刚才自责的话，便平息下来。

阿兴下到田里。走近一看，只听到噼噼啪啪的打泥声。原来阿旺在补田坎呢。阿兴在心里臭骂自己一声：好个没良心的！他木木地看着阿旺，见阿旺没理他，他也摆开架式，噼噼啪啪地打泥补田坎。

两人默默补着田坎，谁都不说一个字。田坎好补，人情难还呀！补好了田坎，洗干净手脚，两个人便默默坐在田坎上，身子挨得很近。阿兴掏出纸烟，点了一支递给阿旺，自己也点上一支，然后，两人默默地抽着烟，一口口吐出满嘴的不快。

"我没理。"阿旺突然冒出一句。

"我的心让狗咬了。"阿兴也回了一句。

沉默一会儿。

"听说你家化肥不够？我家还多着呢。"阿兴说。

"那就先借着用吧。"阿旺说。

又是沉默。

两个烟头的红点，像天上两颗星，一闪一闪地照应着，照着两人的脸。两人久久地注视刚刚那补好的田坎。

田坎比先前还要宽出两寸，待明儿新泥结硬了，两人迎面走着，不用侧身也能通过呢。

（原创稿，2020年12月2日完稿）

平叔这一生

平叔年轻的时候，平婶体壮勤快，什么重活儿粗活儿都包揽下来，平叔根本不用沾手。集体劳动那阵子，平叔一个壮实如山的大老爷们儿专捡填土撒种子之类的轻松活儿干，而每户必须派出一个重劳力去挑粪、抬石头的活儿一直由平婶顶了上去。放工回了家，平叔只管蹲在门坎上，一锅接一锅地吸着旱烟，喂猪做饭洗衣之类的家务活儿由平婶一人忙去。

平婶总是忙得团团转。

平叔总是闲得要死。

后来，平婶年老体衰了，四个儿子已经长大成人，他们也都听话懂事，个个健壮如牛。

每天清晨，平叔只要蹲在门坎上叫一声："娃们，日头晒腚了，赶紧起来做工喽！"于是，四个儿子便咕噜下床，上山、下地，重活儿轻活儿全部揽下，平叔有时牵一头牛到坡边啃草，有时叼着烟斗，反背双手，到田间地头转悠，看庄稼禾苗如何拔节生长。

有一天，平叔对儿子们说，别老守着家里几棵玉米，出去赚几个钱成不成？

于是，儿子们纷纷走出山去，贩山珍山货，贩马牛羊，有时还做包工头，年末能将大把大把的票子带回家。

儿子们成为这个光棍如林的穷山村最先讨到婆娘的后生。大儿子、二儿子的婆娘是邻村的，身体强壮，地里活儿家里活儿，样样能干。三儿子、四儿子是外出打工时带回各自的女人，她们也都孝顺懂事。儿子成才，儿媳漂亮，小女儿又成为村里祖祖辈辈无人敢奢望的大学生，村里人真是羡慕死了，都咽口水说，平叔的命真是太好了！平叔乐得屁颠屁颠的，整天哼着悠扬的山歌，村里村外四处转悠。

又过了几年，小女儿大学毕业留在了城里，四个儿子也携带各自的女人孩子离开了山里，他们把家安在县城，在县城做生意，一年到头都很忙，难得回家一次。

平叔终日咬牙切齿，生气地骂道："造孽呀，我这是造孽啊！"平婶老了，背弯了，脚跛了，病多了，再也下不了地了，只能待在家里料理些家务。平叔从不沾手的砍柴、挑水、挑粪的粗重活儿又一律压在他身上。

垂暮之年的平叔，终日像一头老牛，气喘吁吁地在自留山上、在责任地里，起早贪黑地奔忙着。平叔每天都感到累。平叔一累便臭骂平婶，一天至少骂五次，而平婶总是一声不吭地忍受着。那天，平叔在地里累了大半天，回家见平婶还未煮饭，他便像一头发狂的公牛，冲着平婶大吼大叫，还用力打了平婶几巴掌。这是平叔第一次打平婶，平婶惊呆了。平婶没有哭出声，只是噙着眼泪，愣愣地望着他。

平婶赌气要去小女儿那里过，平叔很气愤。"你去呀，你去呀，去了你就永远别再回来！"平婶真的去了。平婶去了半年多了也真的没回来。平叔白日里忙里忙外，夜晚孤寡一人，平叔真后悔打了平婶那几巴掌。平叔几次托人写信叫平婶回来都没有音讯。

这天，小女儿突然收到一封加急电报：父逝，速回！小女儿哭肿双眼，买了三百元的纸钱和香烛，匆匆赶了回来。回到家里，见平叔仍健在，身子骨好好的，又惊又喜。

"你妈不回呀？！"平叔很急切地问道。

"不回！再也不回了！"女儿有些气恼地说。

平叔突然老泪纵横，呜呜呜地哭开了。"你个该死的老太婆呀，你个绝情人呀，我都死了你也不回，你的心咋就这么狠呀？！"

女儿扑哧一笑，破骂了一句："死了活该！早该死了！"

这时，平婶缓缓地走进门，不温不火地喷出一句："这个该死的老头！"

（原创稿，2018年8月8日完稿）

七月，我想起老银

每到七月，我就想起老银。

七月的时候，大中专毕业生挤满了我的办公室，他们企盼的目光像雾一样缠绕着我，有人甚至还说一些令人无语的话："我到底做错了什么？你们怎么可以把我搞到那么偏远的乡下去？"

这个时候，我就想起你，老银。想起那年，你要求到偏远的医院——福龙卫生院工作的不可思议的举动。

那时，你只说了一句：那里的医生实在太少太少了。

福龙是生你养你，把你培养成为一名大学生的故土，父老乡亲们瘦弱的身子，支撑着山一样沉重的生活。你永远都记得，念高三时，邻居有个小女孩得了重感冒，伴有急性肠炎，村子附近都没有医生，父母抱着小女孩到庙里祈求一天一夜后，死神便把她夺走了。小女孩的父母哭得天昏地暗，你也陪着流了好几天泪。那年，高考填报志愿时，你毫不犹豫就填了省医学院。

刚到福龙卫生院报到时，你盯着卫生院的四周：两排土坯墙旧瓦房，一排是宿舍，另一排是门诊和病房。这就是我的归宿？这就是我五年学医的最终选择？你突然间就犹豫了。

刚来时，按照你的成绩和表现，我们可以把你分配到市里最好的医院——市人民医院，但你却坚持要求到福龙卫生院，我们都觉得好奇怪。你的好友也都规劝你："别犯傻了，那么小的地方，什么设备都没有，你一个省医学院本科毕业生能做得了什么？"你不信。

你硬着头皮把行囊搬进那间小土房里。

你做住院医师。病房的天花板是用破草席钉成的，上边"养"着许多老鼠，每个房间挤着四张病床。早上，没有护士值班，你得先打扫病房，然后给病人做晨间护理，量体温，测血压，打针，有时候还得帮病人做饭呢。下班后常有急诊，跑乡下，跑山里，深夜才回到家。

那年中秋夜，一家人刚围坐在饭桌边，你又被叫到病房去了。有位姑娘和家人闹翻了，吞下半瓶农药，四肢瘫软，口吐白沫，两眼翻白，感觉快要死了。你给她注射了药物之后，就给她洗胃，输液，吸氧。突然，她呼吸就没了，血压也测不到，你顾不上农药的恶臭，口对口做起人工呼吸……

姑娘那双紧闭了十二个小时的眼睛终于微微地张开。这就是救死扶伤！你第一次领略到救死扶伤的快慰。

记不清是在甜蜜的梦中，还是舒适的清晨，你总是被匆匆地叫起，然后背起药箱，匆匆穿行于崎岖的山路。归来时，乡亲们送你一程又一程，你的脚印留下一串又一串。没过两年，老银你就当了副院长，但还是在做住院的医师。后来，你又当了院长，你们小小的乡卫生院终于有了高耸的门诊楼，有了宽敞的住院部，一条白色的圈墙把那里围成一个吉祥的救生福地。

有一年，有位毕业生分配到乡政府后，整天喝酒睡大觉，挨处分了竟然去跳河，幸亏被人救起。老银，我想起了你。想起你说过的那句话："其实也没什么，因为那里太苦，没人愿干，我再不干，医院就得关门。"要是每个毕业生都有你这种境界，我们这些管分配的干部就没有烦恼了。

一个七月过去了，又一个七月跟着到来。归来的毕业生总会急切地向我询问："把我们分配到哪儿？"这时候，我总是想到你——老银。想到你在乡间行医留下深深浅浅的足迹，想到你年年都被评为县卫生系统先进工作者，想到人才需求表里还有那么多乡镇的名字，我知道该对他们说些什么。

（原创稿，2023 年 2 月 20 日修改完稿）

散　文

可爱村

　　漫步在笔直宽敞的村道上，穿行在整齐划一的别墅间，你会看到巨大洁净的游泳池里跃动着一个个矫健的身影，还有休闲漫步在村子里的众多游客；你会听到戏台上传来民风纯朴的山歌对唱，还有篮球场上此起彼伏的助威声、加油声。游泳池、儿童乐园、戏台、博物馆、文化长廊、感恩园、感恩泉……沐浴着金色的阳光，整个村子宛如一幅风光旖旎景色独特的风景画，让人流连忘返。这就是美丽幸福的可爱村。

　　我最早关注可爱村是在 2016 年。那时，我主持做一个广西社科联的资助课题，专门研究河池的乡村旅游扶贫，我也因此走访了包括可爱村在内的不少的乡村旅游点。在研究报告里，我重点谈到两个扶贫生态移民旅游示范点，一个是大化易地搬迁生态民族新城（广西生态移民示范点），另一个是环江的可爱村（广西整乡扶贫推进试点）。一个在县城，一个在乡下，不同的旅游潜质，没有可比性，但都已打造成为乡村旅游的热门地。课题研究主要是找亮点、找问题、找思路、找对策，因此，对可爱村的认知，我只专注于旅游功能的挖掘和反思，比较理性直观，没有太多的情感纠结。2019年5月中旬，我参加河池市文联、河池市作协开展的以"壮丽70年·奋斗新时代"为主题的河池作家采风团，再次走进可爱村，近距离感受可爱村的移民搬迁故事、精准脱贫故事、乡村振兴故事，还有绚丽多姿的民风民俗。我也第一次用文学视野审视可爱村，因而便有了更深层次的情感。过后不久，一位退休老同志有一组可爱村的摄影图片要参加市里的老年大学摄影展，而且是排在头部板块，十分醒目的位置，他请我帮忙编写个图片说明。我又刚到可爱村去体验过，有很多的感触，所以就愉快地接受了他的请求。我前后几次进入可爱村调研、采访，在那里钓鱼，游泳，吃农家饭、住民宿，体验可谓深刻，但却没有认真地拍个照、留个影。现在，看了这组不同时段不同角度的照片，我非常惊讶。这组图片共有十张，有可爱村的鸟瞰图，有可爱村的清晨美景，还有村民新居、农家书屋、游泳池、鱼塘、儿童乐园、戏台、博物馆、文化活动室、篮球场、文化长廊，十张图片把多姿多彩的可爱村真实地呈现在我的面前，我一下子就来了创作灵感，我用景点解说词的方式，完成了十张图片的文字说明：

　　——搬迁后的可爱村真是太可爱了。一幢幢整齐划一的两层半别墅绿树环绕，格外醒目，一弯弯清溪汇流成河，舒缓地穿村而过。村里还有博物馆、篮球场、文化活动室、游泳池、文化长廊等休闲娱乐设施，到处呈现一派美丽富饶的新农村景象。

——晨曦初照，可爱村青烟袅袅，温馨静谧。幸福的村民们各有各的事，有的正在匆匆地赶路，有的正三五成群地谋划着新的一天的生计。

——如果你以为这是某个富豪在城市边上的别墅，那就错了。这只是可爱村移民新建成的一处居民住房。羡慕了吧，赶紧来看看哟，这里还有民宿，有农家乐，好吃好看，又好玩呢！

——有智能电视、红色木柜，有饮水机、电风扇，还有挂在墙上的大幅奔马图。电视机对面的墙旁边标注着"感恩栏"，上面贴着4张相片，分别是屋主在老家和新家门口的合影。这是城市中产家庭的客厅吗？错了，这只是可爱村一个新搬迁贫困户的农家厅堂。

——"浩浩学海有志竟成，五车八斗尽在其间。"精神贫困比物质贫困更可怕、更残酷。这间宽敞整洁的农家书屋就是可爱村村民们美好的精神家园。

——可爱村村民终于学会了享受，曾经缺水吃的可爱村竟然在青山翠岭中建起了巨大、洁净的游泳池，周末或节假日，村民可免费带孩子来这里尽情地玩水，清洁身心，好不惬意啊！

——山清水秀，池清鱼肥！可爱村的村民们、游客们正进行钓鱼比赛呢！

——坐在可爱村文化长廊的村民们、旅客们是多么地休闲，多么地自在啊！

——可爱村的儿童也有和城市儿童一样的充满童趣的儿童乐园。

——可爱村的文化生活多姿多彩。2016年6月25日，万众瞩目的环江分龙节活动之毛南花竹帽姻缘会在可爱村举办。美丽的毛南族姑娘们隐隐约约遮掩在花竹帽后面，满怀喜悦地期待着勇敢的毛南族小伙子对她们说出三个字："我爱你！"真是让人陶醉啊！

写完这些图片说明，我被美丽幸福的可爱村给陶醉了。

每次走进可爱村，我都要聆听村主任的面带笑容的介绍，因而也对可爱村的前世今生有了知根知底的了解。2012年以前，可爱村一点都"不可爱"。这个环江出了名的"四难"（出行难、用电难、就医难、上学难）村离大安乡政府有13.5公里远，有15个村民小组，140户人家520人分布在35个自然屯里。村民们住的是木瓦房、茅草房，有的甚至是竹子编成墙的房子，四面透风，人和鸡、猪、马混居，很不卫生。村民们走的是羊肠小道，生产生活的物资要靠肩挑马驮。群众上街、小孩上学，都要走两三个小时的山路。村里以种植玉米、黄豆、红薯为主，每年三四月份都会闹粮荒，村民填不饱肚子，要靠政府救济，艰难度日。村民们过着艰苦的日子，根本不知道什么是幸福。2011年，全村农民年人均纯收入只有2092元，比全县农民年人均纯收入少2250元。因为环境艰苦，生活穷困，山外的亲戚很少有人进山来看望村民们。说句不好听的话，就是鸟儿都懒得往里面飞呢。

2012年，可爱村迎来了脱胎换骨的历史机遇——环江毛南族自治县大安乡成为河池市首创"整乡推进"模式进行开发扶贫的示范区。有政府资金扶持，可爱村实行"有土安置"和"无土安置"。"有土安置"的81户贫困户搬进了新家，把可爱村建成生态移民新村。"无土安置"的59户贫困户则利用政府补助资金，在环江毛南族自治县城购买经济适用房，或经商，或进厂打工，都开始了全新的生活。搬进生态移民新村的，有可爱老村15个屯81户296人，还有才平村斗峒屯9户37人。为了让两个村的村民融为一家，和睦相处，可爱村把斗峒屯民国九年（1920年）立下的8条民约条款碑文译成现代汉语，在感恩园内重新立碑，让全体村民铭记、遵循。

原以为，把村民从交通闭塞的穷山沟、漏风漏雨的破草房搬迁到交通便利、美观洋气的别墅生活，移民们会心存感激，愉快地接受。谁知道，工作组入户签订搬迁协议时，村民们竟然不领情，不约而同地"拒签"了。此前，有的村民也曾被安排搬迁过，搬迁出去后，由于多种原因，又重返村里生活，村民们都怕"重蹈覆辙"，所以，对搬迁都比较冷漠。后来，帮助破此僵局的竟然是一位外来媳妇。这里有个小小的插曲：可爱村土墙屯村民金片在广东打工时带回来一个来宾媳妇，叫莫冬永。2009年，莫冬永和金片回来登记结婚的时候，步行羊肠小道一个多小时，才第一次走进他家那个四面透风的破草房，如果不是感情深厚，莫冬永是打死都不会留下来的。工作组找到莫冬永谈搬迁的时候，她觉得这是政府的好政策，走出大山的机会来了，于是就毫不犹豫地在搬迁协议书上写上了自己的名字，成为全村第一个签订搬迁协议的人。随后，莫冬永还主动和工作组同志一起，逐家逐户做工作，只用一天时间，土墙屯8户村民全部签订了搬迁协议。接着，莫冬永又主动请缨，配合工作组做群众工作，让搬迁事宜顺利进行。

在党委、政府的扶持下，可爱村"两委"带领群众日夜奋战，建设新的家园。经过两年多的建设，可爱村建成了生产区和生活区两个功能区。生产区共有土地面积646亩，可种植粮食作物和经济作物。

生活区分为住宅区和休闲旅游服务区，住宅区安置90户，每户占地面积为72平方米，有一个4×4米的前庭院落，可用作菜圃，屋后预留1米宽的绿化用地。住宅建筑以两户组合形成联排式，每户层数为两层半，房屋为砖混结构。住宅采用行列布局，每排建筑间距为10米，拥有良好的朝向和充足的阳光。村内道路人车分流，主干道宽8米，次干道宽5米，宅间道路宽4米。在政府的引导下，可爱村坚持走"读脱贫书、挣劳务钱、往好地搬、吃旅游饭、发产业财"的扶贫开发新路子。生产区连片开发种植的12000株红心香柚开始挂果，给村民带来收入。2014年底，全村农民人均纯收入达4530元，与2011年相比，人均增加2438元，贫困人口从2011年底的284人减少至2014年的102人。

搬迁后，可爱村"两委"成立了环江可爱村特色产业发展专业合作社，组织群众打造特色产业，抱团开拓市场。通过"党建+产业"模式，引领全村群众种植红心香柚、核桃，走农业致富之路。村"两委"还运用"党建+招商引资+旅游产业"模式，利用本村闲置土地，对外招租，开发了露天游泳池、农家乐等项目，发展乡村休闲旅游产业，村集体经济年收入超过2万元，农民收入也跟着增加。

可爱村是个500多人的生态移民新村，有原村的少数村民，还有搬迁过来的群众，壮、毛南、汉、瑶、苗、回等6个民族共同生活，和睦相处。少数民族群众占全村总人数的97.5%。按照"民族团结、经济发展、社会和谐"的民族团结进步示范村创建标准，可爱村提出了"12345"发展思路：

一个定位：始终围绕"民族特色乡村旅游名村"定位开发；

两条原则：坚持突显民族特色和生态发展优先原则；

三项建设：抓好旅游基础设施建设、生态环境建设和旅游文化建设；

四个打造：着力打造具有地方特色的民族节庆，着力打造游泳、漂流、垂钓等水上娱乐项目，着力打造原汁原味的"可爱牌"系列旅游美食产品，着力打造集聚型山地特色民间娱乐文化品牌；

五个目标：提升农村基础设施建设品位，助推农村产业升级转型，转变农民增收方式和途径，吸引外出务工能人返乡创业，提高乡村社会文明程度。

2018年，可爱村利用县里的优惠政策，把50万元村级资金入股川山镇大沙坡村级集体经济扶贫产业园，每年可获取8%的收益金4万元。村民们积极为生态宜居乡村建设投入人力财力，累计义务投工5000多个，投资700多万元，为建设美丽幸福的家园贡献力量。如今，可爱村通了公交车，村民们出了家门，便可坐上公交车到乡里和县城，经商、出行、外出办事、小孩上学，都很方便实惠。

2021年，41岁的莫冬永上任村党支部书记和村委会主任后，带领群众发展柑橘、冷水养鱼等产业，增加农民收入。2022年，可爱村得到粤桂帮扶资金支持，致力打造以种植、食品制作、休闲养生、团建活动、中小学生劳动研学为主的"可爱作坊"田园综合体，为可爱村的后续发展拓宽了路子，可爱村的未来也将成为乡村振兴的热点。

"乡村要美，不仅需要物质'塑形'，更需要精神'铸魂'。"村党支部书记、村委会主任、村新时代文明实践站站长莫冬永说。可爱村以村新时代文明实践站为平台，不断挖掘"可爱精神"丰富的人文历史内涵，打造"记住历史、留住乡愁、感恩幸福"的村史博物馆，还组建由村"两委"干部、驻村干部、致富带头人等组成的新时代文明实践志愿服务队。如今，走进可爱村，一面面"听党话、感党恩、跟党走""把脱贫作为奔向更加美好生活的新起点"的文化墙，与一座座特色民居、一处处鲜花绿树交相辉映，令人神往。大道右边，两堵黄白分明的墙壁，象征旧村的泥巴房和新村的水泥别墅。大道左边，一块块展板记录着村民40多年与贫穷"决斗"的村史。

莫冬永很感慨地跟我们说："可爱村能有今天的巨变，归功于党的扶贫政策，也得益于社会各界的帮衬。吃水不忘挖井人啊，可爱村的村民及后人一定要感恩和铭记，要将它们化作生生不息的奋进动力。"为此，村委在村里修建了感恩泉和感恩园，尽情展现可爱村的感恩情怀。在感恩园内，一张石椅上，刻着可爱村村民对党委、政府，出让土地的才平村久怀屯等村屯的村民，还有各界人士的感激之情。每年，村民还在感恩园通过举办感恩山歌会、感恩主题晚会，张贴感恩对联等，表达对党和政府的感激之情。

可爱村还通过群众会、山歌会等形式，评选出"十星级文明户""最美家庭""好媳妇""好公婆"等10个模范典型。邀请村中有能力、有威望、懂法律、热衷于农村建设并有一定特长的"五老""乡贤""致富能手"和"贤媳孝子"现身说法，发挥示范引领作用。新时代文明实践站内，刚刚更新的荣誉栏上，"可爱好媳妇"陆三妹一边照顾家中耄耋老人，一边发展酿酒、养猪、种植砂糖橘等致富产业的事迹，吸引村民驻足阅览。"孝爱传家，诚信致富，不比阔气比志气，不晒嫁妆晒家风"的文明新风吹散陈规陋习，也让可爱村变得更加"可爱"。

　　如今，可爱村到处洋溢着新时代气息，环江农村信用合作联社设立的支农惠农便民服务点、"党旗领航·电商扶贫"示范点、村邮乐购便民服务站、农家乐餐馆、外地老板投资建设的游乐设施等等随处可见，可爱村正以崭新的面貌等候游客们的到来。

　　一分汗水一分收成。可爱村先后收获了自治区先进基层党组织、自治区无邪教村（社区）、自治区第四批民族团结进步示范区示范村、河池市第一批民族团结进步示范村、广西五星级党支部等等诸多荣誉。众多的荣誉、巨大的变迁，让可爱村成为扶贫搬迁和乡村振兴"网红"村。全国各级媒体记者慕名前来采访、报道、宣传。一些专家、作家、艺术家和摄影爱好者也都自行或组团来到可爱村，调研、采风、写生，体验生活，创作并上传作品，为可爱村增加流量。外地游客来环江旅游，如果不去可爱村走一走，看一看，住一住，那是很遗憾的。

　　　　　　　　　　　　　　　（原创稿，2023年3月8日完稿）

爷爷的金城

　　在我童年的记忆里，父亲每隔十天半个月就会去邻近的公社赶一次街（"赶街"即赶集的方言），下坳、板岭、永安，轮着来。去的时候挑着簸箕、仔猪，回的时候挑着玉米、红薯、木薯，肩上总是压着七八十斤重的担子，还要走几十公里的小路，我觉得父亲太了不起了，太不可思议了。我敲破头都没想到，从爷爷嘴里出来，还有更了不起、更不可思议的事情。父亲赶的只是都安的集，而爷爷赶的却是金城的集，路程相差不止一倍两倍的呢，不是一个级别的难度。

　　讲起那段经历，爷爷总是这样起头：多少多少年前，我跟你二叔公、三叔公、炳吉伯、炳南伯结伴去赶金城街，走几天几夜的小路呢。当时我也弄不清楚他说到底的是哪一年，读过历史后我换算了一下，时间应该是二十世纪四十年代。最早的时候，他们只赶当时的保平街和九圩街，簸箕卖到保平街，仔猪卖到九圩街。我那个叫"弄奸屯"的老家，山穷水尽，没什么值钱的物产，能拿来换钱的也只有仔猪、簸箕。我爷爷的三个老婆，也就是我的三个奶奶，在家养母猪、编簸箕，爷爷挑出来卖。

后来，听说河池街（现在的河池镇）的猪价远比九圩街贵，他们竟然挑猪上河池街。第一天赶到九圩街，找个东家住上一个晚上，第二天再赶去河池。真不敢想象，八九十公里的小路，几十斤重的猪，他们是怎么对付过去的。爷爷和父亲的腿和脚呀，天天都用来走路、负重，不像现代人，出门就坐车，腿和脚很少负重！我真怀疑爷爷他们的膝盖装进了玻璃珠，可以长时间无障碍地转动。爷爷他们在河池街卖了猪，休息一两天，再挑大米回家。

后来因为有了火车他们就上金城。爷爷的原话是："听说是那种叫声很响、跑得忒快、拉货很多的长家伙，车身比木炭还黑。"像金城这种能通火车的地方，在当时的中国屈指可数，特别令人向往，这也是金城很早就声名远播的原因。在河池街把猪卖掉之后，他们轻装前行，直奔金城，看火车去喽！总共去了多少次，爷爷也说不清，反正没一次见到过整列的火车。每次火车鸣笛进金城的时候，他要不离得太远，要不正在商铺点货或是看人家赌钱，等跑到能看见火车的龙江边，火车早就没了踪影。最接近的一次，只见到火车的小半个屁股——火炭般黑乎乎的一节。后来，连汽笛声也听不到了。战乱年代，经过金城的火车断断续续的，偶尔到金城转上几天，哪那么容易撞见。所以看一眼整列火车就成了爷爷心中永远的奢望。但这并不削减爷爷赴金城的欲望。毕竟通了火车嘛，陆路、水路，交通便利，不是闭塞的乡村小路能比的。按照爷爷说法，大米、布匹、洋火（火柴）、洋油（煤油）、洋皂、菜刀、小刀、梳子、针线、顶针……摆得满街都是，满街都是人！这就是金城，爷爷一辈子见过最繁华的街！

　　远到金城，再挑大米回去肯定是不划算的，所以，爷爷他们就改挑洋火、洋油、布匹、针线、顶针之类轻便值钱的东西。先是家用，后经金城商贩点拨，他们竟然做起了生意。挑回的东西在保平街、下坳街、永安街一路叫卖，剩余很少的部分挑回家，卖给村里人。"那时哟，我们三天两头上金城呢！"听爷爷这口气，好像金城就在我家隔壁，溜达几步就到了。有次我讥笑爷爷说："笨死了，跑来跑去那么辛苦，干吗不在金城买个小屋子住下？要真那样，我就是金城的人了！"爷爷手指轻敲我的脑袋说："娃仔，你懂个屁！"

　　有次在老家的晒场上，炳吉伯结结巴巴地吹嘘他跟爷爷上金城的事。别看他小我爷爷一辈，但年纪却只差我爷爷两三岁，块头却比我爷大了好多。他主要吹他的脚力，说每次从金城回来，他帮我爷爷挑了不少的货物，若不然，我爷爷都回不到家呢！回家后我跟爷爷说了这事，爷爷"哟哟哟"了几声，问了句莫名其妙的话："他没说'大嫂里面没有肥'？"我莫名其妙地摇摇头。爷爷绘声绘色地给我讲述这个让人笑掉牙的故事。有一年冬天，爷爷他们在金城姓欧的东家家过夜。第二天一大早，爷爷看见姓欧的东家正在堂屋里抡着棒槌追打炳吉伯。爷爷把两人隔开时，身上却被误打了一棍，疼得喊爹叫娘。咬牙一问才知道，就因为炳吉伯一句"夹壮"的金城话。因为天太冷了，炳吉伯整夜都没睡好，第二天一大早就起床了，看见姓欧的东家正在火灶边生火，就跟他结结巴巴地说："昨夜真是冷死人了，我起来摸……摸……摸了一下，发现大嫂里……里……里面没……没……没有肥！"东家问他真摸了？他说："摸……摸……摸了呀，摸……摸……摸了两……两次呢，一次都没……没……没有肥！"我爷爷捧着肚子猛笑。笑过之后，慢慢跟东家解释：炳吉伯没文化，刚学会一点金城话，半生不熟的。他的意思是，夜里太冷了，想起来烤火，但火灶里没有火。他不懂得"火灶"和"火"如何用金城话表达，就用都安壮话，"大嫂"意思是"火灶"，"肥"意思是"火"。姓欧的东家听后咯咯咯笑个不停，然后连忙道歉。为了感恩，每次从金城回家，炳吉伯总会主动帮我爷爷挑些东西，可不是他吹嘘的那样"学雷锋"。而后，我们一帮小屁孩看见炳吉伯就取笑他："大嫂里面没有肥！"他满村子撵我们，谁腿脚慢了被他逮住，不是被扭耳朵就是被打屁股，揪心揪肺地疼。

往返金城做买卖是赚了些钱的，但炳吉伯他们都在金城赌光了。爷爷被三个厉害的奶奶严管，不敢妄为，钱都留存下来，买了二十几亩地。后来，大奶奶和二奶奶接连生病、去世，要花很多钱，到手的地又陆续给卖掉了。后来，我爷爷被划为上中农。若不然，单凭那二十几亩地和三个老婆，铁定把他定成地主。新中国成立后，我爷爷因为成分较高，哪里都不敢去，连大兴街都不去，别说是金城了。那年代，父母下地干农活挣工分，爷爷在家照顾我们几兄妹，砍猪菜、喂猪、磨米、煮饭。我们长大后，爷爷天天上山砍柴，直至临去世的前几天他都还上山呢。

1973年，我姑父从桂林兴安水泥厂调回河池地区水泥厂当工人。每次来我们家，他总是把金城的火车站、医院、旅社、电影院、国营饭店什么的吹得神神乎乎的，我们都羡慕得不行，恨不得马上就上金城。此后，爷爷再说金城的旧事，我们就不爱听了，因此，爷爷对姑父很反感。

1988年，我大学毕业分配到地区人事局，人生第一次与金城亲密接触。回到老家，爷爷问我是不是姑父帮的？我说："姑父是个工人，我进的是个管干部的单位，他怎么帮？他帮得了吗？再说，姑父住在郊外，我住在金城的中心，不是一个档次！"爷爷乐呵呵道："这下好了，看他还有什么资格来我们家胡吹！"我跟爷爷说："我来金城只是暂时的呢，以后呀，我还是要搬往南宁的！"爷爷很惊讶："金城很好的呀，你还要搬去南宁？南宁有什么好？啊？"他列举了几个例子来打消我的想法："周国恩（我的远房堂哥）在南宁造船厂当了二十几年的工人，1982年，转到大兴乡供销社卖化肥。大洞（隔壁一个屯）那两个黄家弟兄在南宁拖拉机厂当工人，一个转到都安县农械厂，一个生病回家。要是南宁好的话，他们回来做什么？啊？金城就不一样啦，你姑父都把你姑接走了，一家人搬进金城喽！一辈子都不回来了。还有，大洞有几个在金城当工人的，都在金城讨了老婆，或是嫁了人，男的女的，打死都不回来了！在我老家呀，打工的、当工人的，首选地肯定是金城。他们一出门，就会牛轰轰地对村里人说'我上金城去喽！'"

每次回家，我都给爷爷带德胜产的糯米陈酒，还有地区食品厂产的饼干和玻璃纸糖。他一口饼干送一口酒，啧啧啧地赞道："好吃好吃，金城做的吧？"我说："是呀，都是金城做的。"接着，我给爷爷说金城的米粉、狗肉、牛肉、田螺等一大堆吃的，他听得直流口水。

　　刚分配到金城那阵子，年轻，有劲，周末总是闲不住。我和几个分配在金城民院的同学骑着单车四处溜达，河氮（河化）厂、河钢厂、水泥厂、东氮厂、人民厂、东棉厂、通机厂、电池厂……轮着转。这些转移的国家三线企业，效益好到让人羡慕。当时广西没几个城市能像金城这样走运，坐拥如此多的好企业。我在人事局管毕业生分配，大学生们首选的单位不是机关、学校，而是金城周边的企业。当时，我的月工资是一百二，而分配到河氮（河化）厂当技术员的工科大学生，月工资加奖金就有七八百，东氮厂也有五六百，真是让人羡慕嫉妒恨！

　　金城周边的企业有钱，把工厂打扮得如公园般漂亮，很有玩头。我们在厂里找些老乡喝酒、打牌、游玩、照相，嘻嘻哈哈就把一个周末打发了。回老家的时候，我拿出相片给爷爷看，告诉他相片里的人都是村里的谁谁谁、在什么什么厂当工人。爷爷羡慕道："都成金城的人了！"

　　为了让爷爷知晓金城都变成什么样子了，我到金城照相馆放大了张三十六寸的金城全景彩照，还到老街、汽车站、火车站、公园照了些照片，拿回老家，一个地方一个地方地指给爷爷看。

　　"喏喏，这是你当年赶过的街，现在叫老街，但却不是街了。"爷爷睁大眼睛盯着寂寥无声的小巷，还有斑驳陆离的古屋，摇头叹道："比那时破旧多了，一个人影也没看见！那时候呀，旅馆、商铺、饭庄，还有修脚、洗浴、赌场什么的，人多得像蚂蚁。"他的手指缓缓划到东歪西斜、坑坑洼洼的石街，然后停留在龙江边上的大榕树说："当年这个码头呀，很多人挑东西上船下船，可热闹呢！"爷爷又指着一棵老树叹了一声："天啊，这桑树也还在，都上百年喽！"

照片上的其他地方爷爷都很陌生，我介绍的时候，他总是质疑道："这不是金城的吧？"我没作答，继续介绍。

"这是牛马场，街日的时候，乡下人牵牛牵马来这里卖。"

"这是地委大院，我就在里面上班，大领导都在里面上班。这是汽车站，我回家就在这里搭班车。金城最热闹的地方就是地委到汽车站这条路！"

"这是火车站。"爷爷摇摇头，指着两列火车问这是什么？我说是火车呀。他说火车不是黑的吗？我说那是以前，现在就是这个样子，红的绿的，什么颜色都有，好看着呢。

"这是公园。"我指着纪念碑下面的石阶说。爷爷指我家门前的山坳问："比它高？"我说："差不多吧，有五百多个石阶呢。金城人晚上吃饱喝足了没事可干，就到这里爬上爬下，在上面能看见整个金城呢。"爷爷用手摸了相片里白色的石阶问是石头的吗？我说："是呀，方条石的。"爷爷摇摇头，那得请多少人凿呀？

看完照片，爷爷无比感慨："可惜我年岁大了，没福分看喽！"我说："带你去金城住一阵子怎么样？"爷爷说，那么远，怎么去呢？我说，坐班车几个钟头就到了的！爷爷摇摇头说不去不去，死在金城会被烧掉的！我说："你胃好，牙也好，能吃能喝，少说也能活到一百岁，住一阵子就回来了的，有什么要紧？"爷爷还是摇头。我说天天能看见火车！这话马上勾起爷爷的兴趣。他说："当年我去了好多次都没见着呢！"我说现在天天都能见到。爷爷说是真的吗？我说一天有好几趟呢。爷爷"嗯"了一声，说："我要去看看。"但每次我要带他出门，他总有一堆理由搪塞："你还没房子呢，我去了住哪？你还没孩子呢，我去了有什么意思？"我说："要是有房子有孩子，你去不去？"他说去呀，一定去的！

1991年，我带女友也就是现在的妻子回到老家，爷爷第一句话就问我"她是金城的人吗？"我告诉他，她老家北流的。解放前夕，她父亲十几岁就一个人逃荒来金城，后来生意做出点眉目又把他二弟拉过来，两兄弟在金城安家，做生意，她妈还是我们都安下坳的呢！爷爷说，很好！

说起来挺令人惋惜的。我岳父家原住在百货大楼斜对面，三间大瓦屋，二十世纪七十年代被洪水淹没后，就搬去公园的坡脚。当时要是愚蠢一点，将就在原地扎个草屋，现在就会有好几间的旺铺，成"土豪"了！当然，这话我没跟爷爷说，说了他也不懂，就像当年他跑金城那么多年，却不懂得在金城建房居住一样。

1993年夏天，儿子满月后，我回老家报喜。看着照片上饱满红润的儿子，爷爷竟然收拾衣服，要跟我回金城。我对他说："单位集资房正在装修，年底就能搬进去了，再等几个月吧，到时我来接你。"爷爷失望地说："到时你可要记得哦？"

谁知那年10月，爷爷到隔壁家给叔侄两人劝架，冷不防被撞下楼梯，摔断了三根肋骨和一根锁骨，躺床上十来天就不行了。

就这样，爷爷的金城就永远驻留在旧时的繁华或是我零零碎碎的讲述里。

1994年夏天，我有个调到南宁的机会，却因为儿子小，妻子调不去，放弃了。此后，再也没有离开金城的念想。至今，我在金城已居住了三十多年，其间也去过许多繁华的大城市，总不如在金城舒心、自在。金城就像是初恋的情人，怎么也割舍不掉。前些年，金城被周边的冶炼企业污染了一阵子，饱受骂名。经过政府持续整治，如今的金城，天蓝水绿，山青地净。市环保局每天发到我手机上的环境监测信息表明，金城的空气质量长期为优，宜居之城不必言表！

　　城市的魅力不在乎大小，在乎生活在这个城市的人是否惬意，有无逃离感。我的亲戚、朋友、熟人，湖南的、浙江的、山东的、玉林的、桂林的，他们因各种原因投奔金城，在这个会吃爱玩出行便利的小城安居了数十年，牵挂难舍，没几个萌生过逃离之意。就像爷爷说的那句话："金城很好的呀，你还要搬去哪里？"我想我会守住爷爷这句话，守住金城，直至永远！

（原载于2017年8月10日《河池日报》）

跟着父亲去卖猪

　　一九七三年的冬天，我未满十一岁，刚上小学四年级。

　　星期六下午放学回家，我看见父亲正躬着身子，在门口忙着编结猪笼。父亲把刚编好的六个小猪笼码在门边，然后对我说："明天跟我去赶下坳街。"我说："做什么？"他说："挑仔猪去卖！"我立马跳了起来，惊喜地叫道："要去下坳街了，太好了太好了！"

　　马上就能看见街上熙熙攘攘的人群，看见百货商店里花花绿绿的商品，真是太令人期待了。运气好的话，还能看见一两辆穿街而过的班车。要是父亲高兴，兴许还能给我买一两颗纸包糖呢！对于山沟里的娃仔来说，这绝对是很奢侈的一件事！下坳街是与我们大兴公社相比邻的另外一个公社，据说下坳街要比大兴街宽大得多，也热闹得多，各种生活用品摆满整条大街。父亲每隔十天半月就去赶一次下坳街，从那里挑回红薯、木薯、玉米，给我们全家九口人做口粮。下坳街简直就是我们全家人的福地。

想到第二天就要去下坳街，我兴奋得一夜都睡不着觉，脑子里一幅幅地虚拟着下坳街的场景，商店、饭店、粮所、猪市、肉行什么的，琳琅满目，总之，要比我见过的大兴街要牛得多！鸡叫第二遍的时候，我刚刚睡着了一下，父亲却把我从床上拉了起来。我揉揉惺忪的睡眼问道："走这么早？"父亲说："早什么早，晚了还赶什么街？"母亲早早就起来了，煮了一锅玉米糊，还喂了猪。父亲把六头仔猪装进猪笼后才叫我起来。我迷迷糊糊地扒拉了两碗玉米糊，就挑着仔猪跟随父亲上路。我挑两只，父亲挑四只。柔和清冷的月光下，父亲像棵会走动的树游走在我前面，我像树的影子紧跟在后面。走的是山路，一个峒场接一个峒场地穿越。父亲走得飞快，我紧赶慢赶才勉强跟得上。也不知道是什么时候了、走到哪里了，反正就是走。凛冽的山风不停地抽打在我的脸上、耳朵上，吹得我都麻了。笼子里的仔猪估计是困倦了，憋屈了，难受了，一边喘息一边嗷嗷叫。大约走了两个钟头，天开始亮了。走到一个叫安福的村庄后，道路开始平坦，我们停在路边歇息。父亲打开那只挂在猪笼边的小布袋，拿出两个干巴巴的玉米窝窝头，递一个给我，他津津有味地啃着另外一个。我身子有些发飘，口干得不行，窝窝头根本啃不动。父亲催促道"快点吃！"我说"吃不下呀。"父亲说："吃不下也要吃，要不饿死你！"我努力了一下，只咬了一小口，很干，很硬，很久才吞下去。我把窝窝头递给父亲，父亲把它放进布袋里，在沟边捧了一杯生水来喝，我也学着他喝了一大口，呛了好几下。我们继续赶路。父亲几乎是小跑着，我根本跟不上，父亲只好停了下来等着。等我走到他身边，他又接着小跑起来，嘴里还不停地催道："走快点走快点！"好像有人撵着我们一样。大约又走了两个小时，我们又停了下来，父亲继续吃着又干又硬的窝窝头，然后在沟边喝生水，我也只剩下喝生水的力气了。父亲的速度依然飞快，而我的脚步越来越沉重。父亲不耐烦了，骂骂咧咧的："走这么慢，等到了下坳，街上的人都散了，还卖什么猪！"后来，见我实在走不动了，父亲就逼我走在前面，他的脚步嘚嘚嘚撵在我的脚后跟，他肩上的猪笼一直顶着我的屁股，我不得不拼命地往前迈步。后来，见我走得实在太慢，他又走在前面。我的双腿都已经迈不动了，父亲却仍在小跑。他的膝盖好像装上了钢珠，运动自如，永远都跑不累。

　　昨天傍晚，答应父亲来赶下坳街的时候，我一点都不担心体力问题，因为我已经拥有了两年从早到晚挑粪水的经历。我差不多九岁的时候，父亲给我编了一对小小的粪桶，大小差不多是父亲那对大粪桶的一小半吧，能装三十来斤的粪水。放暑假的时候，正是抢种玉米的时节，我挑着满满当当的两小桶粪水跟在一排挑着大桶粪水的大人后面，不停地奔走在粪池和玉米地之间的山路上，从早挑到晚，几乎没怎么歇息，我也从不拖大人们的后腿。因此，大人们毫不吝啬地表扬我："天啊，这么小的个儿都能挑得这样好，以后长大了，要多大的粪桶才够他挑啊！"这话让我心里堵了好长一阵子，感觉怪怪的，好像我这辈子专门是为挑粪而生，好像除了挑粪，我这辈子什么事都干不了。父亲却没有我这种感觉，每次听到这样的表扬，父亲便高昂着头，嗯嗯嗯地应着，那得意劲儿像是培养出多么了不起的挑粪接班人似的。但是现在，这个接班人让父亲大失所望。他把我甩开一段较远的距离之后，把担子从肩上卸下来，站在原地朝我招手，嘴唇不停地开合，咕哝着我听不到的话语，估计是在叫骂："就知道吃吃吃，一点力气都没有！"平时他骂我们兄弟几人，就是这么个腔调。在那个粮食短缺的年代，我们多喝一口稀得看见碗底的玉米粥，父亲就会咬牙切齿，嘴巴像机关枪一样扫射我们。现在，虽然我听不到他的骂声，但他一定是这样的叫骂，每次我们干重活儿叫苦叫累，他都要会这样骂，没完没了地骂。我在听不到的父亲的叫骂声中拼命往前赶，走近他，然后在他清晰的叫骂声中走过他前面。这时，他会重新挑起猪笼，以最快的速度超越我，然后放下猪笼等我，再叫骂我。就这样，一下子他在前面，一下子我在前面，走走停停，我在父亲的叫骂声中拼命地往前追赶，一刻也没敢停下脚步。

正午一点多，我们终于到达下坳街，进入猪市，放下笼猪，我俩眼一闭，就瘫坐在地上，全身像散了架的样子，动弹不了。直到父亲大叫了一声："快点站起来，有人来买猪了！"我才艰难地站了起来。睁眼一看，果然有个中年男子在猪笼旁边转来转去。他一个猪笼一个猪笼地翻过来翻过去，摸摸猪的耳朵、嘴巴、尾巴、肚皮，他甚至还用手压了压猪的后背。他对父亲说："六块，卖不卖？"父亲摇摇手说："少于七块不卖。"那人摇摇头，走了。我问父亲："六块一斤，很贵了，还不卖呀？"父亲说："做梦吧你！六块一头，贵什么贵？"我愣了一下说："不称斤呀？"父亲说："下坳街都这样，论个儿讲价。"后来，还有两三个人过来问价，听见父亲说少于七块不卖，人家连看都不看就扭头走了。站在空空荡荡寒风凛冽的猪市，我的身子一直发颤，心里不停地叫道：快点有人来问呀，快点卖掉呀。下坳街是个赶早的街，过了下午两点，赶街的人就陆续散场了，上市的猪都被人买走了，猪市就剩下我们的猪没卖掉。头一个来问价的男人又走过来对父亲说："六块还不卖?"我用脚尖磨着地板，心里着急地说：卖得了呀，卖得了呀，赶紧卖呀！我差点说出声来。谁知道父亲却坚决地摇摇头，好像这天他只会摇头，那人就头也不回地走了。又过了好一会儿，那人又来到猪笼旁边，他竟然问了句"五块卖不卖?"我父亲瞪了他一眼，恶劣地吐出三个字："神经病!"那人也不示弱，把"神经病"三个字又恶劣地扔回给父亲，然后头也不回地转身就走。之后，再也没人来问价，猪市就剩下我们父子俩和六头困在笼子里的仔猪。父亲背着手，来回张望，一脸的无奈。又等了半个时辰，父亲拿起扁担把猪笼串起来，说："走吧。"我说："去哪儿? 猪还没卖呢。"父亲说："卖不掉了，挑回家!"我眼前一黑，心里叫了一声"我的天啊!。"我说："我饿死了，走不动了。"父亲骂道："再不走天就黑了，你想留在这里啊?"我挑起猪笼跟在父亲后面走出猪市。

走到街上国营饭店门前，我把肩上的担子放了下来，哆嗦着身子对父亲说："我想吃米粉。"父亲瞪大眼睛："吃米粉? 猪卖不掉，吃什么吃!"我说："我饿死了。"说着就瘫坐在地上。父亲从布袋里拿出一个干硬的窝窝头递给我说："吃这个。"我摇摇头说："我吃不下，我真的吃不下，我要吃米粉。"父亲咬着牙，做出要踢我的样子。他三下五除二把窝窝头啃光了。然后，一手伸进上衣口袋，翻出了五斤原粮（粮票）和一角钱。父亲对我说："看好猪，别走开哦!"说完父亲就跑进了饭店。几分钟后，父亲摇摇头走了出来。我说："买得了?"父亲说："人家不要原粮。"我说他们要什么? 父亲说米票。农民去哪儿要米票?那时，农民卖了玉米之类的公购粮，粮所只发给原粮，干部和老师才有米票。原粮要等到荒月的时候，才能凭指标到粮所去买玉米、木薯和米糠，而米票却能买回大米和面条。父亲急忙说："走吧走吧！别吃了！"我赖在地上不动，一副要死不活的样子。父亲猛瞪了我一眼，威胁道："再不走，天黑了你就完蛋，你走不走？"我有气无力地摇头，说："饿都饿死了，我真走不动了。"父亲破骂"一句没用的东西"，就朝着公社方向走去。半个小时后，父亲匆匆跑了回来，扬着手里一张票子对我说："五斤原粮跟公社干部换来的一斤米票。"父亲用其中三两给我买了一碗素粉。这是我有生以来第一次吃到拌了酱油的米粉，简直热血沸腾。我用筷子一根米粉一根米粉地夹起来，放到鼻孔边使劲闻了又闻，然后吸进嘴里——很慢很慢地吸进去。每吸完一根，就伸出舌头，舔了舔粘在唇边的汤迹，然后再吸第二根。虽然坐在边上啃玉米窝窝头的父亲一再催促"吃快点吃快点"，我依然慢慢地吸慢慢地品，让那香味从嘴里一路滋润下去，真是太享受了！有了这碗素粉的激励，那天，几乎已经累瘫了的我重新振作起来，挑着那两头快要饿死的仔猪，拼命地跟在父亲身后，拼命地奔跑着，回到家已是黑咕隆咚的深夜。我一进门就倒下，直到第二天中午才醒过来。全身几乎所有的关节都肿胀了，十分酸疼。我软绵绵地躺在床上，连翻身的力气都没有了，三天后才能下床走动。

　　一个星期后，因为猪食短缺，也因为急用钱来买一家人的口粮，那几头仔猪被迫卖给邻村的两户人家，价钱比下坳街贱了不少。上秤之前，几头仔猪竟然齐刷刷地撒尿拉屎，一共轻了三四斤，把父亲气个半死。他抬脚狠狠踹了一头仔猪的屁股，咬牙切齿骂道："该死的！"

（原载于2017年7月20日《河池日报》）

跑步票

　　我在巴马当干部的时候，负责联系局桑乡，经常下去蹲点。因为工作关系，也因为曾经当过小学老师，对学校有感情，我到局桑中心小学转了一圈。金校长和我一见面就问"听说你以前读过师范？"我说："是啊，巴马民族师范学校（简称巴师）的，49班。"金校长大喊了一声："校友啊，我也是巴马民族师范学校的，42班。"于是两人就像久别重逢的战友，紧紧地拥抱在一起。金校长赶紧叫人去杀鸡。我开玩笑说："如果我不说是巴师的，这鸡肯定是吃不上了。"金校长说："哪里哪里，您来了，不杀个鸡怎么行？"那夜，气氛隆重热烈，喝到面红耳赤的时候，我和金校长话就多了起来。我们聊了很多巴师的旧事，聊着聊着，话题就集中到跑步票，两人的感受惊人的相似——读书时最痛苦的事是跑步，最痛恨的人是发跑步票的人。

当时，体育老师们做了个让学生一致痛恨的规定：每个学生平均每个早上要跑完两公里，否则，体育成绩就不合格，就不能毕业。每天是否跑步，就看你是否有跑步票。跑步票是体育老师印制的，印有日期，盖有学校公章，由各班班长和体育委员轮流发放。跑步票分为两种，一种是两公里，一种是四公里。你跑到两公里的地方，就得一张两公里的票，跑到四公里的地方就得一张四公里的票。如果只跑两公里，你就得天天跑，天天受罪。如果跑四公里，就可以跑一天歇一天。所以，很多人都选择跑四公里，反正都早起了，多跑两公里又何妨？那时伙食不好，油水很少，晚上睡觉时肚子已经咕咕叫饿，饿虫总是咬着肚子，很难入睡，到了你很想睡的时候，又到了跑步时间。为了能够多睡觉，我们私下采取了联跑的办法，就是两个人合伙，今天你跑步我睡觉，明天你睡觉我跑步。跑步的这个人跑到终点得票后折返回来，回到几十米处再折回去要第二张票。这种作案方式只成功了几次便被发票人识破了。发票的人火眼金睛啊！你折回去再伸手要票的时候，发票人会凶恶地瞪着你大声质问："你刚才不是要了票吗？啊？怎么回事？"毕竟做贼心虚，趁着他们还没认出你姓甚名谁，赶紧夹着尾巴逃跑。当时，爱睡懒觉的同学包括我在内都想办法跟班长和体育委员套近乎，企图谋取一两张不跑而获的跑步票，但一次都没成功。那两位老兄呀总是板起面孔，严肃得像纪律委员："不跑步你要什么票？你想违反纪律？"我和金校长讲起这些往事时，两人都开怀大笑。

走后门弄不到跑步票，只能劳驾自己的双腿。当时，逼我们跑步的是唐德华先生。唐先生是我们的班主任兼数学老师。唐先生虽然手部残疾，却一点儿也不影响他成为优秀的数学老师和班主任，他对我们管教严格，我们却一点儿都不痛恨他，因为他的数学课太有水平了。这一点，我是最重要的证人。因为，我曾经收获巴师高低年级数学竞赛冠军。如果他的数学课没水平，我能得到这个荣誉？这个荣誉影响了我很长时间啊！师范毕业后，我一直教语文，但每次到学区评卷，我却莫名其妙被指定为数学组的组长。有个星期六下午，我从古朝小学（我任教的学校，很偏远）出来，路过国隆中心小学，看见几个老师正蹲在门口研究这样一道小学数学应用题。甲对乙说："当我的岁数曾经是你现在的岁数时，你才4岁。"乙对甲说："当我的岁数将来是你现在的岁数时，你将61岁。"求甲乙现在的岁数各是多少？这类应用题要是用一次方程式，人人都会解，但小学数学还没有方程式，你得按数理逻辑来解题，所以就难住了好多老师。据说，他们都研究一个星期了，还理不出个头绪来。我用"差倍问题"的解题思路和方法，不到五分钟就告诉他们答案：甲42岁，乙23岁。几个老师佩服得差点拜我为师。后来，乡里那些曾经认识我的老师听说我发表了不少文章，是个作家，他们都很惊讶："不会吧，周龙这人我们知道呀，数学很厉害，语文没听说怎么样啊？"

当时，唐德华先生逼我们跑步是因为班长向他打了小报告，揭发包括我在内的不少同学不跑步而获取跑步票的"勾当"，唐先生非常生气，专门召开班会来批评我们。最要紧的是，他身体力行，每天坚持跟同学们晨跑。你想想看，不需要跑步票、上了年纪而且手部又残疾的老师都早起跑步了，我们这些青春年少风华正茂的小伙子、小姑娘还有什么理由赖在床上？后来，和很多同学一样，我每天都早起跑步，而且大多数早上都跑四公里。跑多了就习惯了，也不觉得很累。两年光景，咬咬牙就顶过去了。毕业分配到古朝小学后，我还坚持在那些羊肠山道上跑了差不多半年。

有次回巴师吃饭，刚好与当年给我们上体育课的黄老师同桌。我问黄老师"巴师现在还搞不搞跑步票？"黄老师笑了笑道："不搞了，早就不搞了。"我说："为什么？"黄老师说："学生不愿意跑呀。"我说："把他们的体育成绩克扣下来，不给他们及格让他毕不了业，看他们愿不愿意。"黄老师说："他们就是不跑你又能怎样？本来嘛，跑步票是我们老师弄来锻炼学生的，目的是让学生把身体炼强壮一点。教学大纲没有这样的要求，上面也没有这方面的制度规定。如果学生体育成绩合格了，因为没有晨跑却不给他及格，我们是站不住脚的，说不定学生还告我们呢。"我笑着说："想不到当初你们逼我们跑步是这样的原因，要是当年我们不愿意，估计你们也不敢把我们怎么样。"黄老师说："当时是当时，现在是现在。时代不同啦！"说的也是，当时上了师范就等于有了铁饭碗，旱涝保收了，这是我们农家子弟梦寐以求的。那时候，只要能弄到毕业文凭，老师就是叫我们上刀山下油锅我们也在所不辞。黄老师还说："说实话，让你们跑了两年，得益的还是你们自己。你想想，当时你们吃得那么多苦，却几乎没人生病，个个都像铁打似的，身体多棒呀！"

我想也是，读师范时和从师范出来后那几年，我就没生过病，就连小小的感冒都没有。那时家里兄弟多，又穷又苦，若是隔三岔五再来个病痛，又是吃药又是打针，经济压力是特别大。所以，要感谢体育老师，感谢跑步票。

　　大学毕业后被分配到金城江工作，我也想过跑步的好处，也买了跑鞋、运动服之类的，但就是坚持不下来。有时刚跑到楼下，被寒风一抽，就退缩了。我想，如果单位也像巴师那样，把跑步票与出勤奖金挂钩，即便不完全坚持，至少也能坚持一大半。那样，我的身体肯定要比现在强壮得多。提到跑步的好处，单位有个同事曾经给我泼冷水：经常跑步的人说明他想活得长，想活得长的人是个怕死鬼！这个同事是在八楼给我泼的冷水。我说："你真的不怕死？"他挺直腰杆，拍拍胸脯，很硬气地说："不怕，人生自古谁无死，怕什么？"我指着楼下说："你敢从这里跳下去吗？他摇摇头说不敢不敢，会死人的。"我说："你不是不怕死吗？怎么又不敢呢？"他哑然。我没能坚持晨跑不是因为这位同事泼了冷水，而是因为懒，没有激励机制。体育老师搞的跑步票其实跟现在的绩效考评一样，绩效考评的项目，你不完成就要扣分，分扣多了你的奖金就黄了，你敢不完成？

　　我恢复跑步是八年前的事。不是为了跑步票，而是为了治病。那几年，我曾经铁打一样的身体突然变差，隔三岔五就会来一场感冒，咳嗽，扯喉扯颈地咳，紧接着就是发高烧，晕得半死，必须打点滴。先是青霉素，高烧压不下去，就上地塞米松、头孢，各种各样的抗生素先后注入我的赢弱的身子，每生一场病好像都到了死亡的边缘。出院后，按照医生开的单子吃了很多增强抵抗力的补药，注意衣食住行等诸多事项，但毫无用处，抵抗力一直提高不起来，一旦淋雨吹风，很快又得病了，又得住院。有个朋友到医院看我，安慰我说："我原来也和你一样啊，病魔防不胜防，不过现在没事了。"我问有何秘方。他说跑步！我说："就跑步？"他说："对，就跑步！"我出院后上网查了查跑步的好处，还查了跑步的方法和注意事项，然后信心满满地恢复跑步。有时早晨跑，有时下午跑，从四百米、八百米到一千五米再到三千米，慢慢拉长，现在每天少不了五千米。跑步已成为我每天的必修课，不跑就不自在，心里发痒。下雨天室外跑不了就跑楼梯，后来怕影响别人上下楼，我又改在房间里跑，从这个房间跑到那个房间，来来回回，边跑边计步。妻子骂我"神经"，我觉得也是，因为跑着跑着身上的神经就正常了、舒坦了，所以就一直"神经"到现在。其结果是，远离感冒，远离抗生素。我不知道还能坚持多久，至少目前还行！

（原载于2021年5月12日《河池日报》）

小妹的第二故乡

　　北京奥运会那年，在广东东莞一个食品集团做食品专员的小妹突然萌生了回广西当公务员的念想。她问我报哪个县好。我说："你真想考？"她说一定的，必须的！我说："那你报天峨吧。"她问为什么是天峨？我说："比较偏远啊，报考人的少，门槛低，容易考得上。"她纠结了好久，最后决定报考天峨县质量技术监督局，刚好对得上她学的食品工程专业。那年报考天峨的人还真是不少，南宁、柳州、玉林都有人来报考，也许他们也都有个跟我小妹一样的念想，即先落实个公务员身份，以后再想办法调走。后来只有小妹如愿了。

　　报到之后，我陪小妹向单位领导请假，准备送她回金城江坐班车去东莞办移交手续。谁知回去之后，小妹突然后悔了。我左催右催她就是不愿回来。眼看请假期限就要到了，要是过期不来上班，刚刚取得的公务员身份就泡汤了。我不得不跑趟东莞。在整洁气派的食品工厂里，我问她："公务员不当了？"她说："你都看见了，这可是国际大厂，多豪华多气派，上下班都有电脑监控，哪儿像天峨那个单位，几间办公室还是二十世纪八十年代建的，破烂得不成样了。"我说："国际大厂又不是你家开的，你只不过是个小小的打工妹。"小妹说："厂领导都跟我说好了的，只要安下心来做好工作，马上提拔我当科长，月加薪一千五呢！"我说："早干吗去了？现在就想起提拔你了？"我长吁短叹了好一阵子又说："你可要想好哦，现在有多少人挤破头想挤进公务员队伍，你可是费了多大的劲儿才考上的，不要因为一念之差后悔一辈子。"左劝右劝，终于把小妹弄回天峨。但她一直耿耿于怀，两个月都不给我打电话，直到第三个月，才给我打了第一个电话，说了说工作上的事。单位让她管食品质量，跑跑县里的企业，可谓如鱼得水，她都成单位骨干了。

那年春节，小妹从天峨带了几斤猪肉回家，父亲母亲都对着那堆猪肉质疑道："皮这么厚，瘦肉的颜色这么暗，不会是母猪肉吧？能不能吃呀？"小妹信誓旦旦地说："才不是母猪肉呢。这猪肉可好吃了，吃了第一次，你们就想吃第二次第三次呢！"我家人第一次吃到这种猪肉，肉质远超普通的猪肉。一家人吃着吃着都咂嘴弄舌赞道："哇，又甜又脆！哇哇，真没想到猪肉这么好吃！"从那以后，小妹每次从天峨回来，都要弄些猪肉回来。天热的时候，她便用一袋冰块敷着带上车。后来，小妹还给父亲带来了芦荟酒、灵芝酒、百香果酒、黄精墨米酒什么的，桶装的瓶装的都有。只要家里没酒，父亲就打电话叫她送来。母亲也经常吃小妹带来的灵芝粉、马鞭草之类的草药，说是对哮喘有帮助。效果可能也有一些，但还是喘，严重的时候还得住院。而母亲却坚持要吃，说要是没吃呀，问题还要严重得多呢。有次小妹从天峨带来了两只六画山鸡，说是给母亲补补身子。谁知两只鸡刚被母亲放出笼子就飞走了，先飞到树上，再飞到山边，然后影子都找不见了，害得母亲心疼了大半个月。

　　小妹升任单位副职后，回家次数明显减少，母亲每次电话催问，她总是说忙忙忙，不是出差，就是到企业、乡下检查什么的，好像都没有个休息的时候。偶尔回家一次，她也是摆着一副天峨人的样子，开口闭口"我们天峨我们天峨"。母亲经常嘲笑她说："好像天峨是你的亲爹亲娘似的。"小妹更是得意了，她"嗯嗯"了两声说："妈你懂得什么呢，天峨是我的第二故乡啊！"这话老妈更加弄不懂，她是个文盲，哪儿知道第二故乡是什么意思。小妹把天峨的物产说得天花乱坠：六画山鸡是地理标志产品，金花茶是"茶族皇后"，龙滩珍珠李是"李族皇后"，马鞭草是"救命仙草"……数珍珠似的数了一大串。为了考证她的话属实与否，我还特地上网查了好几次呢，还真是那么回事！当然，对她的一些说法，我会表示异议。比如她说："天峨负氧离子多，特别是森林公园，早晚都有人在里面玩耍、锻炼，那是"浮在城市上空的原始森林公园"，天然氧吧。"她仰起脸，手指点着自己的面颊对我说："你看我这张脸比在东莞时怎么样？"我说："一个天一个地。你在东莞那阵子，脸色憔悴，还有一些麻点呢。"她说现在呢？我说："光洁白嫩，晃眼一看，人家还以为是中学生呢！"她更加得意了，说："所以说嘛，天峨是最能养人的地方！"

　　这两年，小妹工作之余竟然玩起了电商，用QQ、微信向家人同学朋友推销天峨的特产，这里一箱那里一盒地寄，好不热闹。有几个上海、广东的同学还嘱咐她："只要是天峨正宗野生蜂蜜，有多少你都给我们寄过来。"小妹说："好贵的哦！"对方说："只要货正宗，价钱不是问题。"简直是盲目崇拜！我跟小妹说："你都快成电商办主任了。"她说："你说得对，县里都规划好了，天峨下一步的工作，就是要大力发展电商，做大做强，公务员要努力分忧。不然，全县搞出那么多的特产，怎么卖？"嘿，给了她点阳光，还真是灿烂了。

中元节（农历七月十四）是都安农村最隆重的节日，也是家人团圆的重要节日，在外地工作、打工的人，无论多远多忙，都想办法赶回来。但是今年，小妹却回来不了。农历七月十四这天，父亲一大早就催母亲给小妹打电话。父亲催的目的是要黄精酒，母亲则要灵芝粉，当然，能带上一两袋木耳、甜笋和一两斤猪肉最好。打完电话，母亲绷着脸不吱声。父亲问："她出来了没有？什么时候到啊？"母亲失望地摇摇头说回不了了。父亲说："回不了？干吗回不了？"母亲说："忙扶贫的事了呗。"父亲说扶贫的事也不差这一天两天呀。母亲说了老半天也说不清楚。我知道，是扶贫验收的事，前两天她在微信里说过，扶贫验收的事布置下来了，刚好有她一户，好多材料都还没弄好呢，谁也不敢马虎！她又是参加培训又是跑农户，没有空闲过，还自个儿掏腰包，买了上千元的彩电送给她联系的贫困户。我把情况说了之后，父亲咬咬牙，气鼓鼓地骂道："这个蠢妹仔！"母亲也一个劲地嘟哝："还真拿自己当天峨人了！"

（原载于2017年2月16日《河池日报》）

跟文学大师们近距离接触

我在巴马当干部的时候，曾经用"长寿之乡"这张名牌，吸引南宁的作家朋友来巴马采风，但来的人真的太少了，几乎每个作家朋友都以巴马太远路太烂坐不了车为由，不买我的账，不给我面子。

十多年后，瑶鹰先生同样用"长寿之乡"这张名牌，却把《民族文学》的老师给吸引来了，在巴马搞了个作家创作基地。被吸引来的，都是文学大师，葛笑政、聂震宁、石一宁、赵晏彪、王久辛、田耳、陈应松等，我也第一次有机会跟多位文学大师和鲁迅文学奖获得者近距离接触。

之前，我曾组织做过一个河池市长寿产业课题研究，在文化产业建议方面就提到，在巴马创办社科研究基地和文学创作基地，吸引更多的文化精英前来研究巴马、书写巴马，彰显寿乡文化品味。当时社科界有专家向我质疑，这两个基地是不是重复？是不是矛盾？我说："不，科学是研究人们如何才能长寿，而文学则更多地表现长寿的人们是如何耐心而有意思地活着。"巴马和《民族文学》联手把第二件事做成了，让民族、文学与长寿紧密联结在一起，前景令人期待！

那几年，巴马的长寿旅游市场突然井喷，蜂拥而来的旅客经常找不到旅馆住。这不是说巴马的水呀空气呀百岁老人呀比以前更加了得，而是来巴马或者准备来巴马的旅客们活得比以前更"耐烦"了，不想离开人世那么早了！当然，来巴马的文学大师不一定是这个想法，他们更在乎寿乡的故事，尤其是那些能让他们作品鲜活灵动的长寿故事。从大师们淡定平和的心态看，我觉得他们以及他们的作品应该长寿。聂震宁老师慈善、温和，拿着一把纸扇，轻柔地摇，舒缓地走，名气很大但架子全无。比如安排坐主席台，聂老师调侃道："这里没有主席台，只是分边坐，我们坐这边，你们坐那边，方位不同，但一样尊贵。"敬酒的时候，我对石一宁老师说："我还没在《民族文学》发表过作品呢，您要关照关照呀！"他认真看着我，很神秘地笑了笑。从这笑里我看得出那层意思："关照是要关照的，但你得有值得关照的作品呀。"王久辛老师向本次活动协办商活泉公司的伍董提了个建议，即每年举办一个以"水、生命与文学"为主题的讲座，邀请我们国家的甚至国际名人来巴马演讲，把活泉推向世界。如此别致新颖的创意，就是长年做研究的优秀的社科专家，也不一定想得出来。陈应松老师走到哪儿都很耐心地观察、探问，还不停地拍照。如果不是事先认识，我还以为他是个资深的摄影记者呢。田耳老师的小说一直给我震撼，看了他新发表的中篇《范老板的枪》后，我对河池文友说："看了田老师的小说，我都不敢写小说了。"文友们追问为什么？我说："田老师一两句话就能说清一个故事，而我扯了老半天故事还开始不了呢。"从作品风格看，我原以为田老师如此厉害的一个人，不好相处，谁知道他是如此的面善，我赞扬他的小说的时候，他竟然对我很友好地笑道："是吗？谢谢了！"这叫真人不露相！跟大师们在一起的几天，我发现，他们在众人面前都不谈文学，更不谈自己的作品，走到哪里都低调、随和，一点都不张扬。事实上也没必要张扬，一大堆的好作品重重地压在那里，大家都拜读过，领教过，感动过，还张扬什么？

该吃的吃好了，该看的看够了，该玩的玩尽了，临走时不"逼"大师们聊一下文学那是过不去的，也对不住一直追随在身边的粉丝们。所以，瑶鹰策划了个文学座谈会，安排在要离开巴马的那天上午。大师们虽然相互谦让，但都很坦诚地聊了与他们作品有关或无关的趣事，聊了如何写出好作品，让我幡然顿悟。著名作家都是好作品垒成的，我成不了名作家，不是我的好作品被埋没了，而是我没耐心写出更多让人埋没不了的好作品，这和长寿是一个道理。

（原创稿，2022年12月30日修改完稿）

故乡记忆

弄奸屯

　　弄奸屯是生我养我的地方，这个名字不好听的小山村于2008年1月9日接待了有史以来最特殊也是最重要的客人，他们是广西文学杂志社和广西作协组织的作家采风团。罗传洲、覃瑞强、鬼子、凡一平、黄佩华、冯艳冰、李约热等老师和作家的到来给弄奸屯带来不小的震动。

　　还在两个月之前，我就告诉父亲，南宁有一帮作家朋友要来家里做客，要他准备一只山羊。父亲问我要多大的？我说一百斤左右，最好是阉羊。父亲把家里唯一一只大阉羊留了下来。如果我不早点说，这只羊肯定卖给羊贩子了。我家的山羊都是我父亲亲自放养的，一年四季放养在没有任何工业污染的深山里，跟野羊差不多。这话是在父亲喝酒的时候说的，有夸张的成分。但我家的羊肉确实非常的鲜美，就是一点作料不放都很好吃。这么好的山羊我父亲是舍不得吃的，要拿去卖了换钱。一般的客人来我家我们也不会宰羊，但是这次一定要宰！

因为我跟父亲说他们都是名人。父亲问什么是名人？我说名人就是至少被一万个人知道的人。父亲说那我们乡长也是名人，我们乡长管了三万多人，至少也有一万人知道他。我说不是这样算的，名人是很有本事的，并且做成了大事，是很有名气的那种。父亲说比起县长怎么样？我说，官不一定比县长大，但名气更大。其实这些人我父亲是知道了一些的，以前我拿过他们的书给他看过，他也见过他们的相片。他还像模像样地读了一些，虽然不怎么读得懂，但很佩服。他说："他们写的文章都比你长啊！"我说："他们都是大作家，我怎么能跟人家比呢。"

父亲对这件事非常重视，一再打电话催问作家们什么时候来，还要准备什么。我说什么都不用准备，把羊养好。那时已是冬天，草木大多枯萎了，父亲每天把羊赶到青草最多最好的山野去放养，把羊伺候得肥肥壮壮的。临到的那两天，父亲发现饭桌太旧太烂了，专门请了一个木工来做了几个火锅桌，吃饭那天，油漆都还未干透呢！为了保证新鲜，腰腿不好的母亲下半夜起来做了两锅豆腐。

那天，几张饭桌摆在我家露天的楼顶，几个风炉炭火通红，火锅里的羊肉热气腾腾，作家朋友、村主任以及弄奸屯的父老乡亲边吃边聊。早早吃饱了的女人和孩子都围过来看，熙熙攘攘的，这是弄奸屯从来没有过的热闹。《广西日报》2008年1月30日第七版报道了这次采风活动，这是我的故乡弄奸屯第一次出现在官方报纸上，第一次让故乡以外的更多人知道它。以前，我在中篇小说《爱情无罪》里用了

"弄奸"这个名字，但那是小说，没有人相信。金城江一些看过报纸的朋友一见我就说："那么多名人竟然去你那个小山村，真是给你赏脸了。"我笑笑不语，内心却洋溢着自豪。

那天，我，还有我父亲、叔伯、村主任在饭桌边断断续续地给作家们说了说弄奸的历史。

弄奸屯是个簸箕状的小山屯，东、北、西三面环山，南面是低开的村口，白蛇般蜿蜒的屯级公路从村口爬了进来，那是弄奸联系外界的纽带。弄奸是个典型的穷山沟，没有水源，屯里人在自家房子附近挖一个水井或砌一个水柜，集雨蓄水，水质不怎么样，我猜屯里的女孩子都不怎么水灵肯定与此有关。二十世纪八十年代以前，树刚长成手拇指粗就被屯里人砍下来烧火了，而且是一片一片地砍，像剃头一样，从山顶一直刨下来，一根草都不放过。所以，弄奸的山经常像癞痢头一样，东一块西一块光秃秃的。屯里地少，只要有土的地方都种上玉米，甚至种到了山顶，树想长都没有地方生长。后来山上滚下几块巨石，砸烂了几间房子，屯里人便禁止砍树砍草。二十世纪九十年代后期，政府扶持退耕还林，给钱和大米补助，山边也就不再有人种玉米了。因此，人工种植的、自然自长的苦楝树、椿树、任豆树、青冈树疯生猛长，遮天蔽日，把弄奸屯罩在一大片荫凉里，空气特别的清新。每次回家，我都想多待几天。

弄奸屯中隆起一个低矮的小土坡，坡顶是个土坯墙瓦顶的旧房，外墙还看得见几条"文化大革命"时期的标语，用石灰粉刷的，年代久远，有些泛黄了。旧房曾经是生产队的仓库，集体劳动那阵子，屯里人经常聚集在这里，开会，分玉米、分红薯等。坡前是一排一字形的水泥房子，三层到三层半高，坐西朝东，共住了四户人，最北边是我家，其余三家是叔伯他们。坡后是连成半圆形的房子，多半也是水泥砖楼，有十多户人，也都是周姓人。屯里人把坡前的房子称为外屋，坡后的称为里屋。集体劳动那年月，弄奸屯可谓人丁兴旺，全屯只有十六户人家却有一百三十多口人，家家户户儿孙满堂，每户人家少则有五六个子女，多的达到十一个。弄奸的男人们个个健壮如牛，有几个人手指像芭蕉一样粗大，抬石头挖土方，要多大力就有多大力。男人们是村集体劳动的主力，还得过全村的拔河比赛冠军呢！那年月，弄奸人起早贪黑，在巴掌大的山地里，一颗一颗玉米、一个一个红薯地种植、收获，然后集中在生产队的仓库里分配。生产队还养了猪，农历七月十四和九月初九都杀猪分肉来加菜，热闹得很。虽然生活不富裕，但却自由自在，最重要的是男人们都讨到了老婆，一个光棍都没有。

屯里人虽然同祖同宗，但也有远近之分。外屋几户都是我的叔伯们，亲近得像一家人，有肉有酒必定一起享受，哪家死了猪啊羊啊什么的，另外几家肯定等着加菜。有一次我匆忙回家，吃饭时忘了喊叔伯他们，后来叔伯们还数落我父亲好久呢。里屋的那些人家却有些疏远，经常有些小摩擦，有时还打架斗殴。有一次，一个六十岁的叔错砍了一个二十岁堂侄的一棵椿树，堂侄给他三个选择：一个是把树重新种成原来的样子，一个是赔两千块钱，另一个是当面给他下跪。两个人闹得不可开交，打了几次架，后来我父亲和我叔出面调解，赔了两百块钱才摆平。

大兴乡有个公安办了弄奸的两个离奇小案之后感慨地说："这个小地方真是什么人都有呀！"这话不假。新中国成立前，里屋出了个叫周锡军的土匪头，这人读过初中，有些文化，人绝顶聪明，但聪明反被聪明误，他拉了几十杆枪四处打劫，鱼肉乡里，那是弄奸的奇耻大辱。二十世纪六七十年代，出了一个局长和两个工人，他们是里屋一家三兄弟，我称他们为堂哥。老大叫周国平，当过县财政局、税务局局长，后来还当过县长助理。老二先在南宁造船厂，后来调到大兴乡供销社，先卖百货，后卖化肥。老三先去罗城矿务局，后来调到我们乡食品站，专门卖猪肉，在当时来说绝对是个肥差，我父亲曾经走后门跟他买了一斤猪耳朵和两斤猪大肠，一直叨念了好几年。

二十世纪七十年代恢复高考以后，弄奸像冒气泡一样，一口气冒出了近二十个大学生，其中我家五个、叔家五个、伯父家三个，还有里屋五个。我们这些大学生都离开了弄奸，在城里生活，让附近村屯的人羡慕得喘不过气。不过他们很快就找到了回击的理由："你们村大学生多，傻瓜和小偷也不少啊！"这话又让弄奸人抬不起头。因为屯里确实有一两个不会数钱的智力缺陷者和不守道德的人。然而，这些事情仍阻止不了某些人对弄奸的崇拜。连续出大学生之后，一些"地理先生"开始在弄奸的山边和坡地里走来走去，架罗盘看"风水"。于是，在坡边，我家的祖坟旁，很快便隆起了一些新坟。接着屯里的新坟不断增多，山腰山脚，到处都有，弄奸都快成公墓了。屯里人很不爽，我父亲召集全屯的人开会，要求各家管好各家的地，以后除了屯里的亲人之外，外屯人一律不准葬在弄奸的地里。

近几年，得益于精准扶贫，弄奸屯里通了水泥路，村口还砌了大水柜，从两公里外的山间引来了纯净的山泉水，每个农户家都通了自来水。十几个贫困户得到党和政府的重点关照，都外迁了，有的迁去县城，有的迁到靠近大路的移民安置点，生活质量比住在弄奸屯好了不止一倍呢。贫困户搬迁后，弄奸的人口锐减了很多，现在只剩下六七户人家，包括我母亲在内，都是非贫困户的老人——子女们都在外地工作，有的当老师，有的当干部，只有逢年过节才回家。

卖　柴

二十世纪集体劳动那阵子，弄奸人被附近村屯人看不起的一个原因就是卖柴火，他们甚至嘲笑我们是"穷卖柴的"。人家笑得对呀，一担柴上山砍半天、挑上街半天，累死累活才得几角钱，谁愿干呢？只有穷得没有办法的人才去干。村里卖柴火的人多半是穷学生，弄奸屯的孩子，包括我家几兄弟在内，就是其中的主要分子。村里偶尔有一两个大人挑柴火到大兴街上卖，碰上熟人他们赶紧用草帽把脸盖起来，好像自己正在干一件见不得人的丑事。为了读书，我们却不在乎丢不丢人。每个星期天的早上，天未放亮，我们就从弄奸出发，挑着重量比我们体重重的柴火到大兴街上卖。高岭街上的一些老师、干部、医生都利用星期天早上骑单车到大兴买柴火。这些人给的价格还是比较高的，不像大兴街上那些人那么小气。所以我们必然赶早，晚了只能任由大兴街的人杀价，那是不划算的。从小学到中学，我们的作业本、学杂费、鞋帽之类基本上都是用卖柴火的钱买的。

三年级以前，我们在隔壁的大洞小学上学，从弄奸翻过一个山坳就到了，不算很苦。到了四五年级就麻烦了，要到五公里以外的江仰村小学上学，没有内宿，早出晚归。天冷的时候，我们赤裸的双脚冻得像两根胡萝卜，行走在坚硬的石子上，像刀割一般疼痛难忍。我和

143

二弟决定利用几个星期天卖掉几担柴火来换取一双解放鞋。每个星期天早晨，我们从弄奸出发，连续翻过三个山坳。山一样沉重的柴担压得幼小的我们骨骼吱吱作响，一路气喘吁吁，汗流如柱。来到大兴街上，腰肌酸软得人如同悬空一般。卖掉柴火后把钱塞进腰袋里又饿着肚子回家。有一天，当我们把第六担柴火挑到弄厂（我们村的一个山屯）时，已是正午十二点，再翻一个小山坳就是大兴街了，日盼月盼的解放鞋眼见伸手可触，我们都按捺不住内心的激动。这时，鸭嘴帽从弄厂的仓库里探了出来，紧接着是韦支书虎啸般粗暴的命令："把柴火挑进仓库来！"没等我们回过神，韦支书又吼着："你们卖柴火犯法了，一律没收！"幼小的我们搞不清楚卖担柴火为什么犯法，反正韦支书说犯了问题就很严重了，于是我们哆哆嗦嗦地从命。可怜的柴火很快被扔在弄厂仓库漆黑的墙角里。我看见里面还有几捆山草山藤之类的东西，估计也是刚给没收进来的。韦支书是我们江仰大队的支书，那天刚好他值班，本来他应该待在离弄厂三公里远的江仰村部守电话，但他却守在通往大兴街的要道——弄厂屯，我们想不倒霉都难啊！在仓库里，韦支书用沙哑的声音盘问我们"卖几担了？"我们怯怯地说两担。韦支书声音大了起来："才两担？"我们又说三担。他的声音不断加大，我们不断地把数字加上去，加到第五担时，韦支书说："总共得多少钱？"我们把卖柴的收入如实地报了出来，再接着每人一块多钱的收入就被一分不漏地没收了。我的脑子里一片空白，疲惫的双腿不停地哆嗦。韦支书那一串串大道理在热情奔放地挥洒着，但一句也无法穿进我的耳朵。我满脑子都在飘动着刚刚被没收的钱和化为泡影的解放鞋，我们可是整整为之辛劳了六个星期天呀！

第二天，韦支书拉我们两兄弟到江仰村小学二百多名师生面前念检讨书，澄清思想根源。我们像做了天大的错事一样耷拉着脑瓜子，泪流满面，内心涌动着巨大的羞耻感。这种自尊心的伤痛远比失去一双解放鞋难受得多。

之后很长一段时间，我们都不敢卖柴火了，连想都不敢想。我读高中时二弟正好上乡重点初中，同在大兴中学。那时家里很穷，只能给我们带一些玉米做粮食，菜钱和工友钱由我们自己找，我们只有卖柴火去挣。这时候，韦支书已经离任了，村里也没谁管卖柴火的事了。每个星期，父亲都为我们准备好一堆柴火。星期六回家，我和二弟连夜劈柴，捆成三担。星期天早上，我们把柴火挑到街上卖了再回来，下午回学校时，我继续挑柴火，二弟挑玉米和芋蒙之类的蔬菜。那时，为了省时间和不上当受骗，我们坚持把柴火便宜一两厘卖给大兴中学饭堂。饭堂工友给我们安了个外号：两个卖柴火的兄弟。这个外号在大兴中学里广为流传。每次考试发榜后，许多人在光荣榜上看到我们的名字时都摇头感叹："这两个卖柴火的兄弟真厉害！"直到多年以后，我们上了大学，一说到我和二弟，大兴中学不少的教职工都还叫我们"那两个卖柴火的"，他们甚至忘了我们的名字。

我的中学时代是没有早餐吃的。卖柴火的那点钱连补助中晚餐都不够，哪儿还有什么早餐吃。每天晨跑的时候，我故意跑进大兴国营饭店，缩头缩脑地贴近窗口，使劲闻着那些热气腾腾的米粉和馒头的香味，口水一串一串地往下流，然后十分懊丧地离去。中餐晚餐都是四两玉米粥和一小瓢油水很少的青菜或瓜菜，吃下去后很快荡然无存。我常常因为肚子太饿导致每晚前半夜都无法入眠，躺在床上双手捂住肚子，使劲忆念着逢年过节吃饱饭吃肥肉的激动场面。

中学时代是长身体的关键时期，吃对于我们太重要了，但我却经常不能吃饱。我想我之所以身高突破不了一米六五肯定与此有关。那时我是多么地羡慕家住大兴街上的同学，他们不用卖柴火，不用走坎坷的山路，一放学就直接走进家门，把肚子填得满满当当的。后来，我把这种羡慕化为动力，从早到晚默不作声地待在教室里，把腰杆坐累坐酸，把眼睛盯成三四百度的近视，然后考上了巴马民族师范学校，虽然只是一个小小的中专，但毕业出来就可以捧铁饭碗，这是最重要的。多年以后，有个城里的同事跟我诉苦，他的儿子最反感读书，怎么教育都没有用，并问以前我的父母是怎么教我的。我说："你先让他饿让他穷，没有饭吃没有衣穿是世界上最好的教育。"他呵呵呵地笑个不停。

婚　事

1982 年 7 月，从巴马民族师范学校毕业后，我被分配到大兴乡古朝小学教书。那所小学离我家很远，先从我家走六公里的山路到大兴街上，再走八公里的公路到百拉小学（现在叫国隆小学），然后连翻三个山坳才到古朝小学。每周星期六，吃了午饭我便离开学校，天黑才走到家，累得都快趴下了。星期天中午，我又挑一些粮米油盐之类的东西离开了家，天黑了才回到学校。每个周末都必须这样，每到周末我心里都发颤，想哭。我不再发颤不再想哭是 1984 年春天以后的事。那时候我决定重新参加高考（上中师时我经历了第一次高考），我把老师该做的事情全部在白天里做完，晚上的时间全部用来复习功课。

然而这时候，父母却给我说了一门亲。我是在星期六晚上回到家后才知道的。那时刚吃完晚饭，父亲对我说："都二十一了，结婚吧！"我说："我不结婚，我要参加高考。"父亲说："高考？考上了还是不是老师？"我说不一定。父亲问读大学还发不发工资？我说："肯定不发，就像刚毕业的高中生一样。"父亲瞪了我好久说："那你不发癫嘛！"对于我重新参加高考，大兴乡几乎所有认识我的小学老师也都和我父亲一般见识，都说我笨死了，都拿铁饭碗了，有工资领了，还去读什么大学呢。甚至后来我去了大学他们都还这么议论我。父亲问："大学毕业还包不包分配？"我说："肯定包呀。中专生都包了，大学生怎么可能不包呢。"父亲说："还有好几年呢，形势说变就变，你知道以后会怎样？万一又不包分配了呢？要真那样你就死定了。再说了，你能考得过那帮十几岁的高中生？"我说我一定能！父亲说："你别做美梦了。人家和你这般年纪，孩子都一两岁了，你再不结婚就晚了。"我说我死都不结婚。父亲说："不结也得结，我和你妈已给你相中了一个女孩，是大洞的阿香。"我说不要。父亲说，阿香又好看又勤快，打灯笼都找不到。我也说不要。其实，阿香长得好看我是知道的。我上初三的时候她上初二，每逢节日，好看的阿香都在台上跳着好看的舞蹈给我们看，唱着好听的歌儿给我们听。后来不知为什么，阿香初中没念完就辍学了。当时我不想娶阿香不是她好看不好看的问题，而是我一心一意想考上大学。在我的心目中，没有什么比考上大学更重要更美好的了。父亲又说："你以为你是什么东西？又黑又瘦的，到那种山旯旮儿教书，阿香能看上你算你造化了。"我仍说不要。父亲说："不跟你说那么多，糖果人家都收下了，过些天就可以去要八字了。"我的故乡有个规矩，你要是看上了谁家的闺女，就送两斤糖果过去，女孩家要是同意，糖果就留下了，不同意就退回。现在糖果已留下，证明对方已经同意了，就看我想不想娶她了。我才不管他们送不送糖果、同不同意，反正我只想考上大学。当时我对父亲发个了很好笑的誓言：考不上大学，决不讨老婆！父亲骂我是癫仔！

过了两个星期，我回家的时候，父亲对我说："明天宰猪，定亲去！"我说我不去。父亲说："都定好了的，由不得你！"那天晚上，我睡不着觉。我想，要是结了婚，就不能参加普通高考了，我一辈子也走不出山沟沟了。这么一想，我就觉得讨美丽的阿香做老婆弊多于利，于是我决定抵制这门婚事。

第二天一早，我对正在磨刀准备宰猪的父亲说："我不去定亲，我现在就去学校。"说着就赶紧跑出门去。父亲追在我背后不停地骂道："死仔，你给我回来！"骂声很大，在山谷里回荡着。但父亲很快就被我飞快的脚步甩开了。我跑到学校的时候已是下午五点，因为累得骨头酸痛，我连饭都没吃就倒在床上睡下，一直睡到第二天早上才醒过来。

我连续三个月不回家，一心一意复习。5月份，通过预考后，我回了一次家，全家人还对我逃婚的事耿耿于怀。父亲和母亲都不跟我说话，他们总是用那种怪怪的目光来瞪我。我站在门外朗读英语的时候，爷爷总在旁边唠叨："都二十一了，还念什么书啰？等念完书人都老了，去哪儿讨老婆？"我不理他，继续朗读我的英语。爷爷见我不理不睬，他十分恼火，抢过我手中的书丢进了门前的瓜苗地里，我又把书捡起来继续朗读。

1984年，我考上广西民族学院中文系（今广西民族大学文学院），我爷爷、母亲一点儿都不高兴。他们只在乎我快些讨老婆，快些给他们弄一个孙子出来。要是几个月前我答应那门婚事，这个愿望很快就要实现了。我父亲却一改常态，他在大兴邮电所拿到我的入学通知书后，赶紧去肉行割了一斤猪肉，然后小跑回家。一进到弄奸的村口就放声叫喊："阿龙考上了！阿龙考上了！"那高兴样子真像是一个过节穿上了一件新衣服的孩子。那时，我送二弟上复旦大学，刚从柳州回到家。两个孩子同时考上大学，在那个年代，对一个穷山沟的农民家庭来说简直不可思议。父亲几乎把我逃婚的事忘得一干二净，脸上终日洋溢着自豪的微笑。

后来，大学毕业好几年，我在城里依然找不到女朋友。原因有两个：一个是矮，另一个是穷，我存折里钱的数目永远也突破不了三位数。这时我才发现，上大学之前我的想法是十足的幼稚和无知。

有一天，我到市棉纺厂办事，从厂部办公楼出来时，一个走在前面的女孩把我迷住了。女孩不高，但腰很细，步履款款，轻盈柔美，披散在肩上的乌黑秀发十分飘逸，这绝对是一个回头率很高的女孩。我快步走到她前面，回头一看，我就惊呆了，是阿香！怎么会是阿香？但确实是阿香，白白净净的脸颊漾着两个圆圆的酒窝，有酒窝的女孩都特别的迷人。我叫了一声："阿香！"阿香抬头看见是我，也吃了一惊："你？你怎么在这里？"我说来找你。我撒了谎。阿香说："找我？不会吧？你怎么知道我在这儿？"我说听说的。我又撒了谎。一个很好看的笑容在阿香脸上绽开。我从来没见过有这么好看笑容的女孩。阿香真好，阿香真美！这么美好的阿香当年竟然被我嫌弃，我真是愚蠢得无药可救。那天，我和阿香站在树下说了好长的话。阿香身上好闻的气息不断地向我散发，使我着迷。我羞愧地说："那年的事，真是对不起。"阿香说："哪能这么说，不那样做就真的是误了你了。"真没想到，这么好看的阿香心肠也是这么的好。我沉默了许久，然后抬头望着阿香说："你怎么会在这里？"阿香说："你上大学第二年，刚好遇上棉纺厂招工，我就被招来了。"看见阿香手里拿着一本《经济管理学》的函授教材，我说："你在读函授？"阿香说："是呀，学企业管理，还有一个学期呢。"我摇摇头说："真不容易！"要分别时阿香柔柔地说："常来玩呵！"同时给我一个春日般亮丽明媚的笑容，这个笑容整整让我失眠了三个夜晚。

第四天一早，我便去棉纺厂找阿香，阿香带我去了她的宿舍，是一房一厅，很干净，里面摆设一些简单的家具。我问阿香："一个人住？"阿香说，两个人。我问和谁？阿香说，男人，是个司机，他出车去了。我惊讶得眼泪都溢了出来。"你结婚了？"阿香说去年结的。听到这儿，我的胸口开始烦闷发慌，神情恍惚，以至于怎么回来的我都不知道了。

我断定，那段时间，我的心情要比当初我逃婚时阿香的心情更加悲凉而沉痛。后来，我娶了一个棉纺厂的女孩做妻子。

父　母

有年春节，叔伯们聚在我家吃饭，两三碗玉米酒落肚之后，大家面孔潮红，大声地表扬我们两个上大学的兄弟。我父亲牛气地说："龙生龙，凤生凤，老鼠生仔打洞嘛。"叔伯们听后都气鼓鼓地走开了，父亲的话无意中伤了他们。因为那时，屯里除了我和二弟之外，还没有谁考上大学呢，连考上中专的也没有。其实呀，我父亲的话也不算吹牛，他确实聪明过人，且记忆力超凡，上街看了贴在墙上的布告一遍，回家就可以从头到尾念那些受刑罚者的名字和罪行。但是父亲再聪明最终也只是农民。父亲一生中错过了两次不当农民的机会。一次是新中国成立初期，父亲参加小考，总分列全县前茅，体检时精神过于紧张，人家把手表放在左耳他指右耳，放在右耳他指左耳，体检结论是先天性耳聋，最终升学无门。另一个是"文化大革命"前。那时父亲在大队管代销店，卖一些煤油、毛巾、火柴、烧饼之类的生活用品，打得一手好算盘。公社想要一个人当大队会计，第一个物色的人就是父亲。按照父亲的能力，当大队会计是绰绰有余的，当了会计就能当支书，当了支书就很可能当上公社干部，前途不可限量。后来，父亲没能当上大队会计，因为政审不过关，理由很简单：我伯父曾经当了一天土匪。这是个历史冤案。1949年的某一个星期天，在都安读初中的伯父刚回到弄奸，就被屯里的土匪头周锡军骗去了，说是去做生意。其实伯父是被骗去煮饭，伯父当天从他们抢来的东西就断定他们绝对不是什么好东西，于是连夜逃走，从此过上了大半年的逃亡生活。再回到弄奸屯，周锡军已被杀头了，伯父也上不成学了。后来，因为当过一天的土匪，伯父不断地被审查，虽然没被划成"四类分子"，但却也不是什么清白人物，直接影响包括我父亲在内的亲人。之后，父亲代销员也不做了，死心塌地回到弄奸屯种地，两年后生下了我。在此之前，父亲差一点儿就和母亲离婚了，因为他们结婚五年一直没有任何生育的迹象，这在长期封闭的农村来说，婚姻基本上就完蛋了，好在我爷爷和我父亲人还可以。后来母亲一口气生下我们兄妹共六个，已经不少了，但母亲还是感叹生育太少了。在村里，母亲那辈人算她生育最少，有的人家小孩多达十一个呢。

我们六个孩子是父母的希望但也是负担。那年月，我们先后都进了学校。母亲喂猪、忙地里的活儿、做家务，父亲放羊，砍树，挖山药蛋、茯苓之类的山货，把仔猪、山羊、树木、山货拉到永安、下坳、高岭、大兴街上卖，然后，再从街上挑米糠来喂猪，挑木薯、玉米来喂我们。每个街日，父亲清晨五点左右出门，夜里十二点才回到家，累得都快断气了。等到屯里屯外的山货挖没了，山上的树砍光了，父母的背也弓了，头发也白了，我和二弟终于大学毕业，有工资领了。有年春节回家，父亲对我和二弟说"弟妹读书本来是父母的事，但我们实在是没办法了，你们要是有能力就帮他们一把吧，要是没有就算了。"话说到这份上，我和二弟都流了眼泪。其实，我们上大学期间，在都安职高念了一年的三弟就辍学了，去柳州帮工头开推土机、开铲车，为家里增加了一些收入，减轻父母的负担。要不然，这个曾经获得全国奥数竞赛三等奖的老弟肯定也是一个正牌大学生，这是我们家的遗憾。二弟在建行上班，经济实力比我强，他负责两个妹妹的大学费用，我负责四弟在河池师专的开支。那几年，我绞尽脑汁，一点钱一点钱地抠出来给四弟，一直到他毕业并找到了工作。那个时候我才发现，养一个大学生对于一个普通干部来说是多么的艰难，更何况父母还是农民呢。后来，我在父亲的抽屉里发现一张大兴乡信用社的还款单，父亲在2001年还掉了三千二百元的信用社贷款。那是1987年借的，那年是我和二弟上大学的关键时刻，父亲已经黔驴技穷了，只好借了贷款。但他却对我们只字未提。我们平时回家给父亲的钱他几乎都不用，全攒起来还贷。每次想起这件事，我就忍不住掉眼泪。

　　把弟妹的负担交给我和二弟之后，父亲并没有闲下来，他竟然去当那个许多人当了又辞掉的村支书。有年的大年三十晚，全家人刚围在桌边准备吃年饭，邻村有人慌张来报，有对夫妇正在干架，要出人命呢。父亲二话没说便跟了过去。那晚，父亲处理到鸡叫了才回家。第二天，母亲和我们兄妹几人，你一句我一句劝父亲辞掉村支书之职。开始，父亲并不说话，拿起酒壶咕咚咕咚地喝，然后坐在床边发愣。忽而，父亲猛地站起来，说："我的事你们少管！"我们谁都不敢出声。之后，逢上开会或有什么要紧事，父亲便一一地去通知，去喊，去组织，什么事都为村民着想，村民也很拥护他，经常上门托他去乡里帮忙这事那事的。有一阵子，我不定期地搞了些剪报，把一些重要的新闻时事材料寄给他。晚间做完家务，父亲便蹲在昏黄的油灯下细细地读，吃力地想。老父亲当了村支书之后，我想了许多。我原以为，我们兄妹几人是父亲的全部，他老人家含辛茹苦，把我们拉扯成人后便可以自豪地享受天伦之乐，然而没有。我们长大了，成才了，一个一个都离开了家，曾把什么都给了我们的父亲突然产生一种前所未有的空虚和寂寞。再说，父亲二十岁就入党，是一个很忠诚很执着的老党员，他的党龄比我的岁数还大，他应该有属于自己的东西，他需要有子女以外的另一种依托。

　　我在城里工作这么多年，父亲偶尔来城里，帮村里的群众找我办事，有的事办成，有的事也办不成，父亲很少住下来，要么当天就赶回，要么第二天也要回去，绝对不会待超过三天。2006年6月，父亲去江仰村参加"两委"换届选举大会，在村里喝了几杯酒后连夜赶回家，不小心跌下路坎，断了一根锁骨和九根肋骨，在路边的草丛里昏迷了一夜，第二天早上才被屯里人发现。父亲躺在床上奄奄一息，却不让我们知道。后来母亲偷偷叫人打电话给我，我才把他接到了市里的医院。我对他说："你年纪大了，身体又不好，干吗还亲自去投票？"他很无奈地说："没办法呀，村里全是一帮老党员，我又是老支书，如果我都不去，谁还愿意去呀？再说，你是管换届选举的，我也要给你面子呀。"我简直哭笑不得，说："你是给我面子，但也给我添乱了，而且至少要花掉我一年的工资啊！"那时还没有新农合，父亲治病都是自费的！那段时间，我上班之余就全力伺候父亲，为他端屎接尿，冲凉洗衣服，喂食喂药，做了一个孝顺儿子该做的事情，虽然每天都很累，但我却特别的充实和自在。父亲为我辛苦了一辈子终于得到了一些回报。手术刚拆线，父亲却嚷着要回家，说是地里的黄豆该收了，母亲一个人忙不过来的。我连吓带哄，才把他留了来。

在我家里养伤的那段时间，我坚决不让父亲喝一滴酒。这可真是为难他了。每天我上班后，他把家里的那些瓶装酒一瓶一瓶拿起来看、闻，虽然什么也没闻到，但他却反反复复这样做。这些细节是父亲回家后讲给我伯父和我叔听的，他们又转告我，还说："你这不等于要了他命嘛。"我说："要是让他喝了，那才是真要命呢。"没了酒喝的父亲夜里几乎睡不好觉，半夜里经常起来，在房间里走来走去，有几次我妻子和儿子以为小偷进家，被吓得腿都软了。我说了他之后，他不敢再走动了，却在床上翻来覆去。有一次他竟然走到门外去，在大院里瞎转，转累了又回来，却因没带钥匙只好蹲在门口到天亮。半年后，父亲终于可以回家了。回家当晚就背着我喝了一大口盅的米酒。第二天，又偷偷到山边扛了一根大木头，疼得喊天，差点又把锁骨重新弄折。我警告他说："这棵树还不够你半天的住院费呢。"父亲很惭愧地说："不敢了，再也不敢了。"

父母好像轮流坐庄生病似的，一个接着一个。父亲刚到家，母亲哮喘病又发作了，严重到走几步路都喘不上气。母亲除了来城里帮我带了一年小孩之外，她很少来金城江。按照她的话说，金城江有什么好？找个能说话的人都难（母亲是个文盲，除了壮话，什么话都不会讲，也听不懂）。人死了还拿去烧，连埋的地方都没有。所以生重病之后，母亲更加反对来金城江。和前几次一样，我强行把她推上小车，然后拉回市里，打了半个月的点滴，病情刚好转她就闹着回去，不让回去她整天苦着脸不说话。哮喘是慢性病，需要慢慢调理，弄奸树木茂密，空气要比金城江好得多，我买了几个月的中药给她，把她送了回去，一到家她就里外忙个不停。我说："妈，你悠着点呀，这样一忙，没准我花的那药钱又丢下水了。"她说："也是哦，那就少做点儿吧。"

有年清明节刚过，伯父跟我父亲说，他和伯母要到百色跟大儿子住。伯父的大儿子在百色市做药材生意，挣到了不少钱，在百色市区买了一栋五层楼高的房子。父亲问伯父还回不回来？伯父说："不回了，老大孝顺得很呢，给我们每人一个大房间，连坟地都帮找好了，离百色市有十公里，我们还回弄奸做什么？"这话对父亲打击很大。父亲一直认为，他的子女是屯里最有出息最孝顺的孩子，但是伯父伯母却去城市跟儿子享福去了，而他和母亲却仍孤孤单单地住在弄奸屯。父亲在电话里跟我说这些事时，声音有些哽咽，还不停地叹气。2018年春节，伯父伯母在百色病重，强烈要求堂哥拉他们回老家，他们不想死在外地。这也减轻了父亲部分的失落感。

后来，父亲得了传染性肺病，在金城江和都安住院了好几次，也没法治好，只好把他拉回弄奸，慢慢调养。2018年端午节过后的某天晚上，在弄奸照顾父亲的二弟在我家兄弟微信群里说，父亲已经两天没有东西下肚了，连水都喝不下。我叫他倒半杯米酒。父亲听到二弟说酒来了，他猛然坐直身子，咕噜咕噜把大半杯酒给干了，还嚷着再要。我说，他没事的。谁知道到了半夜，父亲就走了，那半杯酒成了父亲离开人世最后的食物。

忙完父亲的丧事，我突然发现母亲有些不对劲了，憔悴，恍惚，莫名其妙地说些胡话："昨晚我梦见你爸了，他跟我说你怎么还不来呀？你不来我怎么办呀？谁给我煮饭呀？谁给我买酒呀？你个死老奶，你个绝情鬼！"我突然惶恐起来。这倒不是信了母亲说的那些胡话，而是想起了父亲一辈子的艰辛，虽然养育了我们六个成材的子女，但晚年还是两老相依为命，谁也离不开谁。我对母亲说，梦里的事是反的。母亲说："这梦兴许就是真的呢。你们想想，他刚到那边，人生地不熟的，又不会煮饭，脑子又不好使，常忘记东西，还得肺病，整天扯颈扯喉地咳。我们都不在他身边，孤孤单单的，他有没有饭吃？找不找得到药？哎呀呀，怎么办呀？"我蒙她说："妈，你真是多虑了，人死了情况刚好相反，活着有病的，死后就啥病也没有了，就是健康的鬼了、好鬼了。再说，到了那边，男的就变成女的了，不就会照顾自个儿嘛。"母亲说："是真的吗？你听谁说的？"我继续蒙她，说："当然是真的啰。我问过好多道公，他们也都这样说。"母亲"哦"了一声，说："要真那样，我就放心了。"

　　我们在家陪了母亲两天，她的心态慢慢变正常了。我对弟妹们说："以前，父亲得了肺病，没把他们接进城，理由还说得过去。现在父亲走了，还留母亲一个人在村里，是要被村人吐口水的，要遭报应的。"他们谁也不吱声，都说忙这忙那的，不声不响就都走光了。我是单位的领导，请假好几天了，也该回去了。临走时，我对母亲说："要不，你就去我那儿住吧。"说这话时，我犹犹豫豫的，因为，我还没征得妻子同意呢。母亲看出我的心思，摇摇头说："我不会跟你去的。你爸得那种病，我天天跟他住一起，同一锅吃饭，同一碗夹菜，估计早就被传染了，哪还敢去祸害你们呢。不去不去！"她给了我结结实实的台阶下。我说："我带你去医院检查，也许没被传染呢。"母亲说："你爸都走了，就是传染了又有什么要紧呢。"我要是再坚持，也许母亲就会跟我出门了。但我只是提了一下，做个意思，然后就顺着母亲的话说，那行："我也不勉强你，你一个人要照顾好自己，过两天，过两天我又回来看你。"

　　这个月初，我回弄奸小住了几天。这时，在弄奸居住的还不到一桌人呢。就像过节一样，我和他们轮流坐庄请客，凑个热闹。说是请客，其实跟便餐差不多，杀一只鸡，煮一块腊猪头肉，几个人就围在桌边边聊边吃。每餐饭我们都请母亲上座，一帮人轮着给她盛饭夹菜，她可高兴了，可劲儿地吃肉，饭量也增加不少。临走的那天早上，母亲紧紧地拉住我的手，噙着眼泪说："你什么时候又回来呀？"我说："很快了，清明节就回来。"她叹了叹气，绵弱无力道："那么久呀？"

　　　　　　　　　　　　　（原创稿，2023年3月21日修改完稿）

走进凤山

恨一个人很容易找到理由，恨一个地方却没有太多令人信服的借口。但我确实恨过凤山，而且恨得不得要领。

世纪之交，我在巴马当干部。当时，南宁的报纸和杂志经常报道凤山的洞穴，那些洞穴在记者的笔下奇妙无比，令人叹服。最令我叹服的不是记者描写洞穴是如何如何的美妙和神奇，而是它们的排名。美妙和神奇多半是靠人的想象，比较虚幻，最高的评价也就是这样一句话：简直无法形容！而排名却是实实在在，量化了的，有可比性，最能体现价值，也最能服人。我专门收集了一些有关凤山洞穴排名的报道：

三门海在数百米距离内发育七个体量巨

大、形态优美的天窗并且连续分布，这是目前世界洞穴考察中唯一发现的最具潜力、旅游资源价值最高的天窗群，2005年被国际洞穴协会专家组定位为世界唯一的水上天坑。

三门海干团洞拥有三个巨大的洞穴厅堂，其中两个在中国排名第七、第八，加上穿龙洞和鸳鸯洞，凤山拥有中国十大洞穴中的四个。

坡雄坳大溶洞群的鸳鸯洞、西西里洞、云凤洞、拉古萨洞、黑洞、亮洞、猪洞等洞穴，单体面积是世界上已发现的最大洞穴。

西西里洞拥有世界最大的洞穴穴珠。

鸳鸯洞拥有世界第二高大的石笋及世界大型石笋群。

江洲地下长廊洞穴是广西最大、最长的地下洞穴。

江洲仙人桥是我国已发现的第二大天生桥，桥跨度为144米。

…………

这些世界和国内排名靠前的神奇洞穴是凤山能够招揽众多游客的法宝。

我记得，当时的报道还宣称，有了这些世界级的洞穴，凤山县就有资格申报国家地质公园甚至是世界地质公园。现在，凤山县不仅是中国岩溶地质资源丰富、分布广阔、类型独特的国家地质公园，而且是世界上大型洞穴较多、密度较大的地质公园。

这些世界级旅游资源如果单独出现在记者的笔下，读者会认为是记者在添油加醋。但是记者报道中国地质专家联合英、意、美、澳各国专家到凤山进行科考探险的情况，写这些专家如何通过勘测发现了凤山大量的巨型溶洞、天坑群、天生桥群、地下河连体天窗奇观等世上独一无二的奇特景观。意大利西西里水文地质研究所诺萨里奥博士考察波心地下河洞穴后惊叹道："在90分钟的时间里，不足1平方公里的范围内能看到种类如此齐全的岩溶地貌景观，包括天坑、天窗、天生桥、竖井、洼地、峰丛、坡立谷、牙林、穿洞、地下河、洞穴大厅堂、洞穴钟乳石等，这在世界上是不多见的。"也就是说，凤山洞穴的奇特景观不是记者瞎编的，而是由各国探险家发现的，是世界级专家评定的。这样的报道可信度是比较高的，你若不专程去看一下会心有不甘。

有一次，分管宣传的副部长拿着一份《南国早报》来找我，还嘀嘀咕咕地说："凤山太不像话了，屡次侵犯了巴马的名誉，我们要控告他们！"我问为什么？他指着《南国早报》的一篇报道说："你看看你看看。"我认真看了好久，那篇报道专门介绍凤山的长寿老人情况，说凤山是"长寿之源"，百岁老人的人数占总人口比例已经超过世界长寿之乡巴马。看完之后，我对他说："我们不但不告他们，我们还要感谢他们，给他们稿费呢。"他说："部长你没有搞错吧？"我说："没错呀，他们确实是在宣传巴马！"他问为什么？我说："他们这样一宣传，很多人不就知道巴马是世界长寿之乡了吗？"他很不服气，说："巴马是世界长寿之乡还用什么宣传，谁不知道呀？"我说："你别自我感觉良好，我来巴马之前就不知道。"

说凤山的洞穴如何的神奇和美妙，巴马人不会有太多的理由反对。但如果说到长寿，巴马人就跳出来了。巴马人很在乎他们的长寿，只要有人说别的地方有很多长寿老人，都超过巴马了，他们是很不舒服的。那段时间，被宣传为"长寿之源"的凤山比巴马的名气还要大。

　　我到南宁开会的时候，对一个同行说巴马是世界长寿之乡，他竟然问那和凤山比怎么样？那可是长寿之源啊！我有点吃惊。一个地方的名气多半是依靠宣传得来的，凤山的名气这么大，说明他们在宣传方面下了很多功夫。这也是暗示着巴马的宣传比不上凤山。作为宣传部部长，我肯定是有责任的。当时，县里的主要领导曾经旁敲侧击地对我说："这段时间凤山的宣传势头很猛呀，凤山的名气越来越大，都超过巴马了。"在巴马工作两年，我一次都没去过凤山。对凤山的印象仅局限于记者笔下，我也就半信半疑。

　　其实，1989年年底，我就在凤山县委招待所住了十天。那时，我跟地委干部考核组去凤山考核县领导班子。我们是坐客车去的，早晨六点半钟从金城江出发，车子一直在山里行驶，上坡下坡，东弯西拐，走走停停，路上还修了几次车，到了凤山都已经是下午六点多了。由于一路呕吐，我身子瘫软无力，晕晕乎乎，路都走不了，饭也吃不下。我一直昏睡到第二天早晨才缓过来。考核很严肃，一滴酒都不让喝，也不组织活动。每天吃晚饭后，我们考核组的几个人就在街上散步，一点一点地消化腹中的食物。当时的凤山县城实在太小了，狭窄的两三条街道，房子很旧，最多是两三层，没走几步就到头了。虽然天天走，但我对县城一直没留下什么印象。我们在县里的那几天，县委招待所也没住有别的客人，冷清得很。那时除了不得已的公差，外面的人是很少去凤山的。这是我最早认识的凤山。后来，每次单位安排去凤山出差，我都以坐不了车为由，一直没再去凤山。

　　2003年秋天，南宁的朋友石才夫来河池开会，他是第一次来河池。会议结束后，他叫我带他去看看河池最好玩的地方，我想都没想就带他去了凤山。凤山是否最好玩我当时真的没有底，但除了凤山，河池的旅游景点我去过不少，给我最好玩的印象的景点似乎是没有的。这当然不是说河池的景点不好玩，而是我这个人不喜欢游山玩水，去凤山是因为我没看过凤山的景点，希望在凤山能得到一些惊喜。那时正是东巴凤建设大会战高潮时期，凤山县城正在大刀阔斧地进行建设，挖土机、钩机、吊车之类的工程车轰轰隆隆地在凤山县城周边闹腾，热闹得很啊！经过几年的建设，凤山县城已经变成整洁美观的小城，和以前相比，简直一个天一个地。凤山县民政局的同志带我们看了鸳鸯泉、鸳鸯洞、水源洞等几个地方。他们说，来凤山不看这几个地方等于白来。

游波心水源洞之前，我们在洞边的小饭店吃饭，主菜是一只鸡和一只鸭。石才夫说："这鸡肉鸭肉真是很香很甜，我从来没吃过这么好吃的鸡肉鸭肉呢。"导游说："这是波心河养出来的，能不好吃吗。"石才夫问为什么？导游说："波心河是世界著名长寿之乡巴马的盘阳河的源头，养的人都是长寿的，它养的鸡肉鸭肉能不好吃吗？"石才夫说："你们怎么总是把巴马扯进来对比呢？"我说："巴马是世界长寿之乡，这是公认的，就好比说我们的这个导游很美丽，我怎么形容别人都感觉不出她美丽的程度，但如果我说，跟某某明星差不多，人家就知道她有多美了！"一桌人都咯咯咯地笑起来。导游说："我这么丑，这是笑我呢。"她说："这里是'长寿之源'，长寿老人多着呢，水源洞边有3个村寨，300多人口中就有12个长寿老人，其中百岁以上的老人有4个呢。"导游继续介绍："波心水源洞风景区距县城西南面22公里，总面积约14平方公里，为完整的喀斯特地貌。它由波心河、水源洞、飞龙洞、南天门、雷劈岩、社更天桥等景点组成。波心河其实是一条暗河，只是在波心露出形成波心河，它由凤山境内的平乐、金牙、江洲3支暗流汇集而成，地下流程50多公里，平均流量5.1立方米每秒，是广西流量最大且流程最长的溶洞暗河。波心河是世界著名长寿之乡巴马的盘阳河的源头。"喏，她又宣传巴马了。她继续说："沿河两岸景观绮丽、气候宜人，环境幽雅，生活在这里的人们世代健康长寿。水源洞是波心河风景区的一绝，传说古时候洞内深潭栖息着一头体形庞大的犀牛，因洞口窄小无法外出而经常在潭中出没，故而也称'犀牛宫'。水源洞全长690米，潭深16—30米，为地下河连体天窗，人称'中华三洞'。洞外流水哗哗，洞内却不见急流涌出。洞内水平如镜，沿途三暗三明，暗处如水底龙宫，明处如见通天潭，洞中水，水中洞，水转山移，水啮山穿。四周悬崖险峻，壁上岩溶景观千奇百怪。波心水源洞风景区以其神秘的色彩，引起了国内外有关专家和新闻界的关注，1987年中外岩溶探险专家在此进行了为期7天的考察。1992年以后，广西电视台、中央电视台多次对波心水源洞风景区的自然景观作了宣传报道。"三个洞穴三个天窗很快就游完了，石才夫说："好看是好看，可惜太少了，还没看够呢。"导游说："现在是少了一些，还有好几个洞还没开发呢，以后你们再来的时候，就可以游玩六到七个洞了。"

从洞里出来，石才夫赞叹道："哇，太舒服了！"导游说："这里空气好呀，负氧离子多得很，达上万个，不舒服才怪！"石才夫故意问道："阿妹，负氧离子是什么东西呀？"导游说："负氧离子就是空气中的'维生素'和'生长素'，它是在紫外线、宇宙射线、放射性物质、雷电、瀑布等冲击下产生的。城市空气负氧离子浓度一般都在每立方厘米100—200个左右，而这里多达上万个。"导游像背书一样给我们讲解：

"这种负氧离子对人有镇静、安定、催眠、稳定情绪等功能，使人精神振奋，舒服爽快；有增强身体抵抗力，增进食欲，促进新陈代谢的作用。"

我说："导游你说得太复杂了，简单说吧，负氧离子，就是让人感觉很舒服的东西。"大家都笑道，给人很舒服的东西太多太多了。

这是我最先接触到的凤山风景，感觉真是很特别。此后几年，我每年都去凤山，一直忙于救灾慰问之类的工作，没有机会再去看凤山的风景。直到2008年5月，我与作家采风团在凤山转了几天，除了重游鸳鸯泉、鸳鸯洞、水源洞，还看了国家地质公园、穿龙岩、石马湖风景区、江洲仙人桥、巴腊的猴子、乔音水库、民族村等，我感到很震撼。凤山的地下河、岩洞、天生桥、天坑、泉水等美丽的喀斯特奇观都是国家级甚至是世界级的，这是凤山的宝贝，是凤山敢于向外宣传的资本。

现在，三门海景区已被评为国家4A级旅游景区，每个来到凤山的游客，必游三门海。不去三门海，枉来凤山城！

一方水土养一方人，凤山神奇的山水养育了勤劳善良的好人，好人应该长寿。赞美了凤山神奇的洞穴，我还要赞美凤山的长寿，长寿才是凤山世界级旅游资源之魂。2013年12月24日，中国老年学学会在北京授予凤山县"中国长寿之乡"牌匾。如今，凤山已是名副其实的国际长寿养生基地。说凤山是"长寿之源"也一点不假，凤山的地下溶洞暗河汇流成世界著名长寿之乡巴马的盘阳河，也汇流成魅力无穷的长寿文化，生活在波心河边的寿星不逊于盘阳河边的寿星，凤山人也跟巴马人一样健康长寿，这是不争的事实，也是我对凤山人民最美好的祝愿。

（原载于2022年11月9日《今日头条》）

爷　爷

一九九一年，我在一篇叫《父子之间》的小小说中谈到我爷爷，为了照顾情节需要，在小说里我让爷爷"死"了一回，我一直为此感到内疚。事实上，我爷爷是一九九三年才仙逝的。

爷爷是个苦命的人，他在八岁的时候成为孤儿，然后在四十岁的时候丧妻，前半生孤苦伶仃，命运坎坷。但这些还不足以为道，爷爷真正的艰苦岁月是在我出世以后。我们兄妹六人在长至三岁以前，无一不是在爷爷背上折腾的。我排行老大，与最小的妹妹相差十三岁。也就是说，在我出生后的十六年时间里，我们兄妹六人分别不间断地折腾着爷爷。

那年月，父母下地干活儿挣工分，爷爷在家里背着我们砍猪菜、喂猪、磨米、挑水、煮饭、种菜，繁杂的家务活把爷爷累得喘不过气来，而不懂事的我们却不停地用哭声把爷爷骚扰得心烦意乱。爷爷最伟大之处就是不会发脾气，他背着我们，在屋里来回缓缓地走动，一边轻摇一边小声地求我们："不哭，哦，不哭好吗？不哭好吗？"这种恳求的方法是奏效的，我们立即停止了哭泣。但有时是因为饿，或者在爷爷背上又痒又热，特别的难受，我们就懒得理他，照哭不误，甚至哭声越来越大。这时爷爷会不厌其烦地求我们："求你了，不要哭了，不要哭了，哦？"求了几次，我们也就停了下来。

最小的妹妹长至三岁时，爷爷已经七十二岁了。这个年纪的他完全有理由坐在家里享清福，安度晚年，但我爷爷没有这种福分。我们一长大便一个接一个地被送往学校，父母日夜奔波忙碌，想办法把猪牛羊养大养肥，卖几个钱供我们读书。爷爷挑起了砍柴、割草、捡猪菜的重任，爷爷羸弱的身子不停地摇晃在坑坑坎坎的山道上，月复一月，年复一年。

一九八四年，我和二弟双双考上大学，这件事起码让爷爷年轻了十岁，我们成为村子里祖祖辈辈无人敢奢望的大学生，他老人家脸色红润，精神矍铄，逢人便乐呵呵道："我那两个孙子真是争气呀，都读大学去喽！"不识字的爷爷并不知道大学为何物，反正是能领工资的，领工资就很了不起。

我和二弟参加了工作，八十岁高龄又患有气喘病的爷爷仍不肯歇脚。村人问他："孙子都领工资了，您老该坐下来享享清福啰！"爷爷嘿嘿嘿地笑道："还有四个呢，他们也都像那两个哥哥一样能读书呀，都等着花钱呢，我这把老骨头能歇得了？"所以，爷爷一直没歇过。爷爷像牛一样，在赤贫清苦的山沟沟里，气喘吁吁地劳作着，直到一九九三年十月的一天，他感到很累很累，走不动了，也吃不下了，然后突然就不行了。听家人说，爷爷在弥留之际，家人问他："喊孙子回不?"爷爷直摇头，沙哑地说："不要喊，他们学习……工作都很……忙，脱脱……不开的。"然后，喊家人从箱子取出一包东西，打开一看，里面有两包麦乳精和两百块钱，是我和二弟清明回家时给他买的。爷爷吩咐道："留给……老五、老六，读高中很……花钱，要补补……身子。"说完便合眼西去。他最后一面，我们兄妹六人谁也没见到。

后来，我们只能站在爷爷的墓碑前，隔着一层薄土默念着："安息吧，劳苦功高的爷爷，我们永远怀念您!"

（原创稿，2023 年 4 月 6 日修改完稿）

流动的压岁钱

在我那个偏僻的老家，大人们没有在过年的时候给孩子压岁钱的习惯，而且也没钱给。在我童年的记忆里，只珍藏过两角压岁钱。那是一九七二年正月初三，我父亲的一个"老同"（在河池拔贡电厂当工人）来我家做客，他穿着崭新的蓝色中山装，红光满面（那年代，只有工人之类有身份的人才有这么好的气色），给我那个破旧的家增添了不少的光彩。一帮人围在火堆边聊天的时候，"老同"掏出一个暗红色的钱包，里面夹有几张五块、十块和一沓蛮厚蛮新的两角人民币，他从中抽出了一张十块的给我爷爷，然后再给我们每个孩子发一张两角钱，说是给我们的压岁钱。我们得钱的十几个孩子欢快地在屋子里跑动着，手里拿着钱四处张扬着，炫耀着："两角钱哟，好新好新的啵。"这是我第一次听到"压岁钱"这个词，好新鲜好激动，其中最根本的原因就是得钱。那年月，我们这些穷山村的孩子要得一点点钱比登天还要难。这从天而降的两角钱可以买到五本作业本呀！那个春节，我把那两角钱叠平，放在内衣口袋里，每天拿出来翻看五遍以上，心里洋溢着幸福和喜悦。那时，我痴痴地想着：要是我父亲有几个这样的"老同"该多好啊！此后，每年春节我们都盼望父亲的这位"老同"突然光临，然后继续得两角压岁钱。不知为什么，父亲的"老同"再也没来我们家了，我得到唯一的两角压岁钱就像孤本名著一样，珍藏在记忆里。

为了解压岁钱的由来和寓意，我查阅了相关资料，给自己做了一下科普：

传说，古时候有一种小妖，名字叫"祟"，黑身白手，每年的年三十夜里出来害人。它用手在熟睡的孩子头上摸一下，孩子就会吓得哭起来，然后就发烧，讲呓语，从此得病，几天后热退病去，但聪明机灵的孩子却变成了疯疯癫癫的傻子了。人们怕"祟"来害孩子，就点亮灯火团坐不睡，称为"守祟"。

在嘉兴府有一户姓管的人家，夫妻俩老年得子，将其视为掌上明珠。到了年三十夜晚，他们怕"祟"来害孩子，就和孩子玩。他们用红纸包了八枚铜钱，拆开包上，包上又拆开，一直玩到睡下，红纸包着的八枚铜钱就放到枕边。夫妻俩不敢合眼，挨着孩子长夜守"祟"。半夜里，一阵大风吹开了房门，吹灭了灯火，黑矮的"祟"用它的白手正要摸孩子的头时，孩子的枕边竟裂出一道亮光，"祟"急忙缩回手尖叫着逃跑了。管氏夫妇把用红纸包八枚铜钱吓退"祟"的事告诉了大家，大家也都学着在年夜饭后用红纸包上八枚铜钱交给孩子放在枕边，果然，以后"祟"就再也不敢来害小孩子了。原来，这八枚铜钱是由八位神仙变的，暗中帮助孩子把"祟"吓退，因而，人们把这钱叫"压祟钱"。因"祟"与"岁"谐音，"压祟钱"就被称为"压岁钱"。

随着岁月的流逝，给压岁钱就演变成为年节习俗，也成为春节文化的一部分。除夕夜吃完年夜饭，长辈要给晚辈压岁钱，以祝福晚辈平安度岁。给压岁钱的方式也不一样，有的是长辈直接给晚辈的，有的是在晚辈睡下后，放于其床脚或枕边。

果然，压岁钱还真有一番来由，寓意也相当的美好。现在，压岁钱已经不是原来的意思了，寓意更为宽泛。孩子们可以用压岁钱来购买自己喜欢的东西，或者储蓄起来以备将来之需。在使用或储蓄压岁钱的过程中，孩子们可以学会如何制定计划，如何理解货币价值，如何分配资源，等等。这些都是孩子们成长过程中必须掌握的理财技能。当孩子们收到压岁钱的时候，他们会非常的开心和兴奋，也很感激长辈们的关爱和祝福，学会感恩和尊重长辈，遵守家族传统，这也是孩子们成长过程中学会的优秀品质。在中国传统文化中，红色被视为吉祥和幸运的颜色，而红包中的压岁钱则被认为是一种驱邪的物品。人们相信，压岁钱可以带来好运和平安。这种想法虽然有些迷信，但也是人们对美好生活的向往和追求。

进城工作以后我才知道，城里人很重视这个压岁钱，大人们不给孩子压岁钱就会感到年味寡淡，孩子们没收到压岁钱也会很扫兴，觉得很没意思。我在岳父家过的那几个春节，岳父岳母可是十分重视压岁钱的。腊月二十三（小年）就着手准备，按照孙子和外孙的人数分装好红包，吃过年夜饭后便悉数分发，就是在别处吃年夜饭的孙子和外孙也给预留着，一个也不落下。每到大年初一，兄弟姐妹一见面，互道一声祝福之后，便争先恐后给别人的孩子塞钱，好像迟了就没面子似的。塞钱的时候大家互相攀比，你给我孩子二十，我也给你孩子二十，你给五十，我也会给五十，绝不少给，也毫不含糊，年年如此。有一年，大家好像都突然觉醒似的，发现来来去去的压岁钱，其实数额都一样，没多大意思，还烦人呢。于是，大伙儿就商定，相互之间不再给压岁钱了。因而，过年就变得平静起来。没有了压岁钱，孩子们也过得挺快乐的。

　　家族里的压岁钱可以商定免掉，而外面的压岁钱却是免不掉的，甚至防不胜防。春节期间我带孩子上街，一些熟人和朋友总要给孩子塞上二十、五十甚至一百元的压岁钱，说是祝孩子快点长大、健康快乐，这么美好的祝愿你是没法推掉的。如果对方也带着孩子倒也好对付，赶紧从自己口袋里掏出钱出来塞进对方孩子口袋，问题是人家不一定就带上孩子。而自己的孩子白白要了人家的钱我心里也不安，很过意不去。后来，带孩子上街的时候，我尽量东张西望，发现熟人朋友就赶紧躲起来，装作没看见的样子。这样一来，春节上街我就显得拘束不安、心事重重的样子，挺扫兴的，但又没有别的什么办法，大过年的，总不能老窝在家里，也总不能把孩子留在家里自己上街吧。

　　前些年，春节的时候，我们几个在金城江的朋友都轮流坐庄请客，自然而然就把压岁钱送给对方的孩子。这两年因为种种原因，没法聚餐了，但大家都还是互相记挂着，发微信或打电话互相问候祝福，只是给孩子压岁钱就不方便了。于是，各自便找个方便的时间登门拜访。这时候，一般是不带孩子的，一个人到朋友家里坐上一阵子，说几句节日的祝福，然后塞给人家孩子一个红包就该撤了。人家也不会让你空手回去的，也会让你带一个红包给你的孩子，你祝福人家孩子，人家也会祝福你孩子。我在给别人孩子红包时很是琢磨了一番，给少了，面子过不去，给多了，又乱了行情。于是便比照往年的经验和该朋友与自己的友好程度推断，他们会给自己孩子封多少，自己也给对方孩子封多少，这样做一般都不会有太大的出入。每当朋友离去后，孩子打开红包一看，得到的压岁钱和我们送出去的压岁钱几乎是对等的，好像事前能透视别人红包里的钱似的，于是全家人都开怀畅笑，觉得好玩、滑稽，又很心安自在。

不管怎么说，流来流去的压岁钱，说是交换也好，交情也罢，我总觉得，传递的不单单是一两张崭新的人民币，更多的是关爱、祝福和寄托，是亲戚朋友热乎乎的挂念。于是大家就觉得，友情还在，亲情还浓，真情依旧，这才是最令人激动的。

（原创稿，2023 年 3 月 6 日完稿）

诗　歌

父亲的信

山的问候是朴实的
山的叮咛是沉重的
山的期待一次又一次
长成路标与灯塔
远方与岸

邮戳深深浅浅
深深浅浅如那些瘦瘦的山道
在大山的蜿蜒里
在太阳和月亮挥落的汗滴中
在一种雾和另一种雾之间
我依稀听见
父亲高一声低一声

呼唤一个儿子的乳名

远行使目光渐渐拉长

我是父亲所有的瞭望

后来

父亲蹲在那些邮票里

静如一带苍色的远山

时时刻刻

以云的变幻雾的朦胧

守望着遥远的我

（原载于1989年5月31日《北海日报》）

雾中行

晨雾

乳白　轻盈　柔情缕缕

山路

细小　陡峻　弯弯曲曲

一头拽到镇上

一头穿进雾里

山民们挽高裤腿

挑着沉甸甸的日子

嘿嘿嘿地从雾中露出

一个　两个

他们从古老的森林来

他们从雾的故乡来

他们从山雀歌唱的地方来

他们从山葡萄成熟的季节来

曾经因为

山太陡太高

通到镇的路太弯太远

山民们沉默过

烦闷过

然而他们

却从没有停歇过艰难的爬行。

一天　两天

一年　两年

一条条岁月的记忆

在他们黝黑的小腿上

隆高了

终于

山民们的呼吸湿润了

变成浓浓的山岚

山岚中

他们洗净了昨天的苦涩

浸大了明天的幻想。

他们挑着对大山执着的追求出来

他们挑着山里的珍珠

他们从雾中嘿嘿嘿地笑出来。

一步一步地往下走

一步一步地往前走

渐渐地

山民们与镇上的距离

短了 近了

（原载于1988年10月《当代大学生散文诗选》第1版）

孤　星

一颗星

淡淡地

孤寂地

驻守着一角蓝天

它不去和云聚在一起的群星炫耀色彩

也不去灿烂的星空占据一处耀眼的位置

在空旷的天际

在目光涉猎不到的地方

这颗星

独个儿点缀着那些寂寞

它是清冷的

微弱的

甚至不被人们看见

然而

那角幽僻的夜空

却因为这颗星的存在

而有了一些儿的

光亮

（原载于1988年10月《当代大学生散文诗选》第1版）

毕业宣言

离别时刻

校园沉默宿舍沉默

最好的祝福

只能让眼睛来表达

看看周围的门窗

看看每一片发绿的草地

看看这些年头

都留下了些什么

该留下的

什么都可以留下

唯独不能留下我们自己

以及自己喜欢过的名言

市声

如交响乐般潮响

让人听不出

哪种声音是最真实的

归去早已注定

神话出没的地方注定很清冷

好在我们都有很高的体温

我们能给自己哈哈气

多雾的地方能让人幻想

山高也好伸手摸摸天

唱支或许能听到全部的回声

当然不是孤芳自赏

归去

我们注定

立足于高山之巅

横卧于瀑流之源

吉他弦招蜂引蝶

装点江山

（原载于 1988 年 7 月 14 日《右江日报》）

哦，中学

——教学实习有感

昨天

你的岸柳

拂动那个美丽的时辰

我们便起航了

在岸

在岸的那一边

无人问津

阳光与风

任意涂写我们的名字

是太久远了吗

我们不知道

春鸟晒绿羽翼的时候，

这里正好是春天

哦　中学

我们又见面了

握个手吧

在长者的凝视里

我们依旧年轻

我们拜访不到先前的自己了

挥挥手

风来雨也来

弟妹们比我们纯真多了

他们老爱问这问那

听说世界是问出来的

包括前程与命运

包括自己

你们就信了

你们知道吗

未来属于预言

我们与你们

属于风筝和梦

在不远的远方

相遇匆匆

辞别也匆匆

握个手吧

我们没有很重的名言相送

就说声再见吧

中学

在明天或许不远

我们还会见面

（原载于 1988 年 5 月 12 日《右江日报》）

黑灯之后

任白天羡慕过的女子甜柔的笑声牵直目光

任故乡的烟岚袅袅升出记忆

任未来如霞缤纷于遐想

任观点如云涌出心怀

之后窃窃聆听涛声从浪尖上溅起

黑灯之后

总爱你一句我一句

把古诗古文抛得满屋都是

总爱静静地垂下蚊帐

用手电筒审判某篇退稿

反复咀嚼某个编辑的嗜好

总爱从心中放飞一只鸽鸟

秘密履行校花们云雾萦绕的丛林

偶尔有人凭吊星窗

埋葬一些杏花雨霏霏的爱情

整个宿舍呀

顿刻沉寂成悲剧的静场

这时候

"过滤嘴"最有发言权

总把心事吐满恼人的时光

而后

同室人总会献出几许勇敢

呵　黑灯之后

有多少世界坦露于心的原野啊

夜是长长的走廊

任梦在上面延展

（原载于1987年第7期《散文诗报》）

美丽的塑像

——写给一位跛脚的老师

站着

把所有的日子站成风景

把四十五分钟站成尊严

站成一束动人的视线

时间的重量逐层逐层浸入呼吸

挤压你羸弱刺痛的双腿

沉重如铅

总是在恍惚与困惑之中

热望支立起如林的目光

支立起彩色的立体的希望

总是在怜悯与恭敬之中

孩子们读懂你的艰辛

读懂你瞳仁的辽远

当毕业证太阳般映红七月

当笑声歌声晨曦般袅绕校园

你的憧憬哟

缤纷如霞灿若星光

光荣的事业雕塑了你

高大的形象

（原载于1987年2月27日《北海日报》）

海　岸

——写给一个战士的妻子

昨夜的冰梦还残悬在眉睫

点点滴滴

丝丝缕缕

心事像蔓草一样

攀援缠住最后的时光

别绪是一张湿透的花手帕呀

晨风中

感情悄悄地晒干

远航

也许神秘得像浓雾重锁的森林

也许壮烈得像熊熊燃烧的霞光

你总是不敢设想往后的日子

结局的故事

渴望

一朵涂满硝烟的大红花飘进焦急的等待

还有那支壮阔如潮的歌

你用右手抹出一片晴朗的天空

站在弯曲的思念的港湾里

像一株冷静的君子兰

默读那张

鼓满爱和祝福的绿帆

缓缓地飘离你的风景

飘离你淡淡的哀伤

你的心

静默成一条

湿漉漉的

海——岸——

（原载于1986年5月28日《河池日报》）

老师的眼睛

透过你微微红肿的眼底

我发现了昨晚灯下那片蓝色的秘密

你用耳朵贴近报纸

聆听新时代的呼吸

冷静的银光

唤醒你一群群沉默的记忆

在一根根困乏神经的震动中

你悟出了无声的希冀

于是

你转动那对疲倦的眼珠

在一幅幅彩色的憧憬里

仔细寻找孩子们

刚刚写下的诗意

你抖抖印上睡意的眼皮

点数着属于自己的星系

在那闪烁的星光下

你找到了童话般的启迪

于是

你挥动着肌肉松弛的右臂

把大脑里的每一个细胞

写进今日讲课的话题

镶入属于孩子的晨曦

（原载于 1985 年 9 月 17 日 《河池日报》）

山间，独户人家

群山

树木

溪涧

众鸟

一切的一切

如你的柴扉一样古典

风是古时候最温润的那一阵

云是古时候最多情的那一朵

多雾的山间

你的瞭望永远多雾

远方永远多雾

或日或夜

温润的鸟叫声

很细腻地从眼眸里掠过

这是你唯一能听懂的声音

拒绝山外

拒绝所有伸向你的手臂

你习惯了用自己的双手

支撑所有的天空

以群山作背影

你很动人

群山是永恒的

以涧鸣作乐曲

你不会寂寞

涧鸣是灵动的

日晖月华

点点滴滴如金缕

从瘦小的叶隙里

从岩壁的陡峭上

永远以同样姿势

向你滑落

一代接着一代

你的思绪就是那些山路

很瘦　很蜿蜒

有迷离的云岚封锁

独户人家

你是一株没被人看见的山中老树

生长在山间

根插在山间

如一缕舒缓的叹息

一千年的静谧

一万年的幽思

独户人家

你领略了孤独中唯一的欢乐

却永远领略不了欢乐中所有的孤独

（原创稿，2023年4月7日修改完稿）

让我再看你一眼

不再犹豫

不再用泪水与叹息

停留一些迷离的时刻。

七月

太阳为我们送行

你深深的一瞥

远方与岸

历历在目

从这里走出去

所有的声音都变得真实起来

然而

这仅仅是开端

我们需要不断地选择

像你认真地选择每一位来者一样

人生

社会

事业

爱情

一切的一切

均在你的预料之中

此去不会永远

十年

二十年

远方沉没

山岛沉没

我们不会沉没

那时

你也许不再记得了

不再记得

我们是用怎样的表情问候你

又用怎样的手势辞别你

不再记得

我们曾擂水桶敲饭碗向你抗争

甚至和你怒目喊你的乳名

校园歌曲时刻提醒你的每个角落

这里

一切的一切

我们是不会忘记的

不会忘记

每条小路的真正走向

不会忘记

每个方块的具体命名

大树

球场

草地

池塘

此去永远

无法留恋

像第一次谋面一样

母校

让我再看你一眼

（原创稿，2023年3月17日修改完稿）

秋天的祈祷

拒绝了阳春的繁花与炎夏的浓绿

我们再次相逢

在深秋空阔的凝眸里

季节以成熟而深沉的颜色

向我们致意

诗一样的年华

在我们诗一样的深情中淡去了

多少次哟

我们曾经激动而又迟疑地瞭望过对方

瞭望那些属于青春与爱的祈祷

因为疑惑

我们错过了一次又一次灿烂的花期

因为回首

我们又在每一次失去之后

坚决地诅咒自己

或许

今生今世

我们注定如此

注定热烈地追求又无奈地放弃

注定果断地接受又犹豫地拒绝

注定用舍弃去表达另一种爱

注定用泪水去解释最崇高的幸福

因为这样

我们才真正懂得

得到与失去一样艰辛

爱与恨一样付出代价

珍惜所有现在的相逢吧

亲爱的

前方正值隆冬时节

有辽阔的风霜雨雪

等着我们的温暖去猎奇

（原创稿，2023 年 3 月 5 日修改完稿）

三　月

鹅黄的二月刚刚告别枝头

浅绿的三月便如温柔的少女

轻柔地走过阳春大地

三月多情如初恋

绵绵雨丝尽是情丝

风湿漉漉地牵着她

拐进雨季的胡同

去捡回早春遗落的梦

于是在笑声荡漾的地方

许多许多的目光都在泛绿

季节找到了落脚点

啊　三月
繁殖阴凉的季节
人们心中飘逸着绿色小雨

（原创稿，2023年2月7日修改完稿）

乡村干部

站在田野浓郁的稻香里

站在林木高高低低的注目里

站在山的期待水的深情里

你的目光古色古香

声音溢满乡土气息

挨家挨户

挨村挨寨

走了一程又一程

刚告别一片古老的玉米地

多情的桃花林又缓缓向你招手

村头巷尾

老榕总爱摇曳你迷离的黄昏

寨脚村边

涧流时常叨念你滴水的清晨

春去冬来

步履匆匆的

总是你

软皮日记本里

突击月一个接一个地抒写着

季节一个接一个地涂抹着

风声雨声

一阵紧似一阵

村规民约总在升沉

乡村的世界

山高水瘦路长

深深浅浅

一齐蜿蜒为你的日日夜夜

你深刻的背影

在乡村日渐辽阔的瞳孔中

时高时低

时升时沉

岁岁年年

步履匆匆的

总是你

被村民们颂扬过一千遍一万遍之后

你还是你

被村民们数落过一千遍一万遍之后

你还是你

三百六十五里路如歌

在你的足下旋来旋去

你如匆匆的岁月

在文件标示的轨迹上

转来转去

岁首年末

步履匆匆的

总是你

终了

你的名字在一些墨香的总结里缓缓一闪

这一闪

你整整辛劳了一年

（原创稿，2023年2月5日修改完稿）

后 记

　　风靡二十世纪八九十年代的流行金曲《我热恋的故乡》是我百唱不厌的歌曲。那年月，每次回到故乡，我都会站在村口的大榕树下，面对穷困的村子放声歌唱："我的故乡并不美，低矮的草房苦涩的井水，一条时常干涸的小河，依恋在小村周围。一片贫瘠的土地上，收获着微薄的希望……"每次唱到这儿，我就会辛酸泪落。因为，我的故乡比歌曲里唱的还要糟糕。歌曲里的故乡至少还有一条时常干涸的小河，而我的故乡却是个光秃秃的穷山屯，连条臭水沟都没有，引屋檐水蓄水的几口水井也都是死水，不单苦涩，还有些酸味！直到现在我还郁闷，到底是谁给我的故乡起了这么个令人羞于启齿的名字——弄奸屯，我们村跟他有仇吗？

　　那年月，弄奸人起早贪黑，在巴掌大的山地里，一颗玉米一颗玉米、一个红薯一个红薯地种植、收获，生活一点都不富裕，但幸福感却是满满的。祖辈们和父辈们就像《我热恋的故乡》唱的那样：住了一年又一年，生活了一辈又一辈！乐得清贫啊！到了我们这一辈，全翻篇了。包括我在内，男男女女全都外出讨生活了，当兵的，当公务员的，当老师的，做生意的，在异乡安家置业，弄奸也变成了我们真正意义上的故乡。

　　唐朝诗人黄峭的《黄氏认亲诗》里有两句诗让我感同身受：年深外境犹吾境，身在他乡即故乡。我十七岁离开故乡，读中师，当老师，再读大学，到城里工作，至今客居金城江三十五年。我时常思念我的故乡，思念我的父老乡亲，故乡和父老乡亲永远是我创作的源泉。

　　十七岁离开故乡时，我还不能用普通话正常交流。在大学学习写作之初，我总是搜肠刮肚，看看故乡有什么特别有意思的东西，这些东西用故乡的话是怎么说的，换成现代汉语又如何表达。于是，节日，山路，玉米，红薯，南瓜，木薯，柴杆，猪牛羊，大人吵架的场景，杀猪杀羊的场景，男孩们打陀螺的场景，男人们拔河的场景，我爷爷挑猪挑簸箕到一百公里以外的金城江售卖的场景，我和父亲挑猪仔到三十公里以外的下坳街售卖的场景，我把一棵被风刮倒的小树扛回家后给父亲惹了大麻烦的场景，母亲偷生产队的玉米给我们度过饥荒的场景，父亲带我去大兴街上看电影《卖花姑娘》的场景……就像放电影一样，在我的记忆里活泛起来，让我蠢蠢欲动。但真正写到纸上，短板就暴露出来了：语言不流畅，也不生动，有些对话简直就是壮话，写完后我都不好意思拿出来。文学指导老师及时鼓励我："你心中装满故乡，从故乡出发，文学之路会走得更远！但你的语言和思维，仍停留在壮语境界，一定要阅读名著啊！"遵从老师的指引，我大量阅读名著，学习用汉语抒写故乡。虽然习作依然生涩，也发表不了，但却积累了珍贵的创作素材。若干年后，我把这些习作翻新、打磨，使之得以发表，成为我思念故乡的情怀见证。

大学毕业后，我曾在多个部门任职，因为工作关系，我结识了各种各样的人，听到形形色色的故事，参与处置急难险重的事件。这些人和事不断地在我的脑子里云集、沉淀、膨胀，时时感动着我，撞击着我。如果我不宣泄出来，心里就会憋得闷，堵得慌，坐不住，也睡不好。所以我就把他们写出来，有精彩故事的写成小说，擦出思想火花的写成散文。当然，也将少数写成了报告文学。可以说，我的作品都是熟知的经验，我只是很虔诚很素净地描写自己所熟知并且被感动过的生活，让作品像生活一样简单、真实。

我每换一个地方工作，都要写几篇小说或散文来铭记、感怀，甚至发泄，有过度贩卖个人"隐私"的嫌疑。这些"隐私"也许不怎么奇特，有的甚至土得掉渣，但原汁原味，不会失真，读者不会有太大的阅读困难。石才夫曾经这样评价我的作品：龙眼笔下的生活，以及生活在那个世界里的人物，都是些很平凡、很普通，甚至很卑微的人物。他们离我们是那样的近，几乎每天一出门，或是闭上眼睛一回想，都能见到他们，想起他们。龙眼的老家在河池山区的一个山沟沟里。我没有去过，但有一次开车从南宁到河池，我从公路两旁绵延不绝的高山，便能够想象到他小时候生活的那片土地的贫瘠和艰难。大学四年，我们常常谈到各自的家乡。那时，龙眼用一种颇为轻松的语气，把祖祖辈辈的那种苦难就着劣质白酒一声"干"，仿佛都不是什么大不了的事。

（摘自石才夫评论《一样的爱恨》，《广西日报》2003年8月8日）

我在作品里自觉或不自觉地透露出个人的职业信息和生活轨迹，读者阅读之后就会知道，我在哪里待过、做过什么事、遇到什么麻烦、有什么念想。他们会看到我辛勤劳作的身影，甚至还能听到我的哭泣和笑声，因而是很亲切的，原汁原味的，这就是经验写作。李约热把我的这种经验写作比作"一亩三分地"。他说："在一个资源短缺的年代，能像一个农民一样拥有自己的'一亩三分地'的确是件非常实在也非常幸福的事情。龙眼就是这样的写作者，他拥有自己的'一亩三分地'，这'一亩三分地'不是从天上掉下来的，而是自己一锄一锄开出来的，为了这'一亩三分地'，他用坏了多少把锄头，手上磨出多少个血泡只有他自己清楚。龙眼的'一亩三分地'是建立在自己的经验之上的，他的叙事冲动源于经验。在今后的一段时间里，这种冲动还会继续保持下去。"（摘自李约热编辑手记《一亩三分地》，《广西文学》2005年第1期）

李约热老师说得对，这么多年了，我一直坚持经验写作。因为生活仍在延续，我的经验写作也不会终止。

最后，感谢那些发表过我作品的刊物和编辑老师！感谢广西文联和广西作协帮助我出版这个集子！感谢广西人民出版社的各位老师为这个集子付出的辛劳！敬请亲爱的读者批评指正！

周　龙

2023年3月31日于金城江